KB070987

바닥의 소리로 여기까지

김학중

시인의 말

그들은 여기 바닥의 소리가 현실과 동떨어진 것이라 생
각했다
아니, 미안하지만 이것은 현실이다

어떤 삶은 파편화되고 부서진 텍스트를 거쳐서만 겨우
현재에 도착할 수 있다
그것이 시가 텍스트에게 몸을 허락한 이유다

시에서 텍스트로 다시 텍스트에서 시로
모든 것을 무화시키는 시간을 견디고서 자신이라는 타자
로 온다
누군지 모를 존재들의 이름들까지 품고서

시는 현실을 반영하는 것이 아니라 현실로 온다

2022년 7월

김학중

바닥의 소리로 여기까지

차례

1부 빈 채로 모여 있을 물통들

2부 아무도 읽지 않는 글자의 빛깔

3부 모두가 떠난 곳을 살아내는

4부 텍스트

해설

1부

빈 채로 모여 있을 물통들

어제는 이름이 없는

　어제는 이름이 없는. 그대로 주어진 목소리들이 스쳐 가네. 누군가의 인상에 대해서 말하는 일은 까닭 없이 맑아. 기다리다 기다리다 소나기가 내려. 중앙시장의 거리에는 여전히 앞머리를 소중히 여기는 소녀들이 있고 어떤 명절이 차분히 치워져 있었지. 여기에 누가 있었을까. 말없이 다 어제인 너라니. 두고 간 그날의 고백들은 집에 돌아가서야 보내는 안부와 같아서 낯선 비에 젖은 발자국이 남아 있었지. 이제 그쳤니. 앞으로 좀 나와 보지 않을래. 다들 돌아간 후 흔적도 없이 너라니. 아무 말이 없고, 날짜만 세는 일로 꼬박 다 보낸 일기들을 썼던 걸 기억해. 그날들은 점점 닮아져 가까워졌지. 까맣게. 그렇게 해서 어디를 갈 수 있을까. 그런 건 내버려 두라고 했었지 너는. 그냥이지 오후 햇살들의 가벼운 웃음을 보고 싶었던 날들. 어제는 비 너머 있고. 어제는 그랬어. 빛줄기 사이로 마주 보기만 했던 우리의 두 눈. 가까운 사이라서 아득했던 눈의 질문들. 아무것도 질문하지 않아서 우리는 어제가 되었던 걸까. 어느 날 도서관에서 낡아서 내놓은 헌 양장본들 앞에 서서 우리는 보았지.

페이지와 페이지. 깨끗한 어제들의 글자들. 한 군데도 상처 입지 않았는데도 이 책은 수거함에 쌓여 있구나. 너는 아무것도 버려지지 않았으면 좋겠다고 그 책 몇 권을 챙겨 나에게도 주었지. 이게 우리야. 이게 아마도 여기일 거야. 이곳을 챙겨 가렴 이제 나이니. 거기 인쇄된 글자들을 다 읽어도 나는 너를 알 수는 없어서. 책장에 꽂아둔 책들을 비추고 있는 방의 거울을 오래 지켜보던 아침이 있었지. 뭐랄까 우리에게도 제목이 있을까. 누구도 빌려 갈 수 없는 날들을 우리는 지나왔다고. 서툰 글씨로 편지를 써 봐도. 너는 늘 어제이고 나는 누구인지 말할 수 없는 사람이어서. 아무 언덕에고 서 있는 학교에 들렀으면 좋겠다. 다만 친구들의 연주가 틀려서 멈추길 기다리던 시절로… 조금 틀려도 우리는 잘 웃었는데. 이제 그쳤니. 지나가는 비는 지나가는 비에 젖어서 그치니까. 나는 그때의 표정들을 다 보내 버리고서야 여기에 설 수 있었어. 시장의 한가운데. 모든 것이 스쳐 지나가는 현재인 시장. 가끔은 그래서 여기에서 너를 다시 보고 싶어. 너의 시간을. 다만 너인 시간. 이제는 이름이 없는. 깨끗한 페이지의 어제. 우리가 늘 나머지였던 것을 기억하고 있니. 조금 다른 것들은 왜 이름 짓지 못했던 것일까. 있어서, 그냥 있어서 다행이었는데 어제였다니. 이름이 없어서 아무도 빼앗거나 버릴 수 없는. 나의 가까운 이웃인. 여기의 막. 어제는 이름이 없는. 흘러간 그대로 주어진 나와 너의 목소리.

나의 밤은 오랫동안 불면이라

그대를 기다리는 시간은 밤이다
아름다움은 보고 느끼는 것이 아니라
도착하는 것이다 지나쳐 가는 스침이여
나를 흔들지 못하느니
이 긴 밤이 내게 이미 삶이었듯이
먼저 당신에게 눈먼 나의 삶이 밤이었듯이
기다림이 더듬어 닿은 땅의 신호들을 따라
나는 다만 걷고 걸어 걸음 속에 잠들었네
그대를 보았다는 말이 들려도 멈추지 않았네
이 걸음들 속으로 그대의 곁이 깃들도록 그렇게
나의 밤은 오랫동안 불면이라
그대의 곁을 떠난 적이 없었네
다만 음성으로 오는 순례의 신호들이여
소리는 견뎌 온 세계로 삶의 무게를 견디는 것이니
밤이여 우리가 서로를 일으키는 무게였구나
그때에는 밤의 길을 따라 걸으며 모르고 있었구나
우리 스스로 깃들었네 길들의 바닥이여
이렇게 밤은 우리의 몸을 얻었구나

여기에서 우리가 시작하려 했던 것은 무엇일까
　도착하는 질문이 흔드는 데로 우리는 불안을 다 맡
겼으니
　그대 곁에서 숨 쉬는 일들이
　아무렇지도 않게 우리의 삶이었으므로
　우리는 서로의 이름을 부르는 것만으로도
　세계를 사랑하였으니 밤이여 따듯하여라
　나의 밤은 오랫동안 불면의 노래였으니
　너의 곁에서 노래는 늘 깨어
　와서 너를 안을 것이다 밤이여
　모든 것을 몸으로 마주하게 하는
　나의 영원한 당신이여
　내가 끌어안은 그대의 곁이여.

밤은 누군가의 역

밤은 누군가의 역
순진하게 내려와 앉으며 정차하고는
지나간 이름들이 자라 나와 내리는
모든 바닥들
바닥에 시간이 뿌려 두고 간 낱알들이 살이 올라
바람 부는 쪽으로 아무렇게나 서걱거려도 좋은 시간
바닥에 앉아야 기다림이 익지
아무 곳이고 역이 되지
나지막이 다들 내려 주고 남는 바닥이야
잠드는 역을 떠나는 막차들은 불을 끄고 천천히 떠
나가고
이제 남은 바닥은
흐릿하게
순진한 깊이
마감이 임박한 오늘에게
시간만이 데려다줄 수 있는 안식을 주는 깊이
아직 그날인 누군가
그대 그대로 붙잡아도

어둡기만 한 대답들이 충만해지는
가만히 내려앉아 등 뒤가 되어 주는 누군가의 역
등으로 다가가는 일이 밤이라니
그대가 그대로 이날이었다니.

지나간 시간이 돌아오라고 하니

누가 알겠는가 시간도 때론 빛으로 돌아온다
빛이 돌아오는 길은 낡아서 무게가 는다
짐 진 자의 몸으로 가만히
나는 몸을 굽혀 앉았다가
더 깊이 웅크렸다
돌아오는 것이 익숙하다는 듯
떠난 길을 평안히 딛고 오는 그것이
나는 아무래도 의심스럽지만
지혜를 배운 자들이 건네는 그런 미소로
이제는 모든 무게가 풍요롭게 익었으니
괜찮다고 아무 말 없이 오는 것이다
지나간 시간이 돌아오라고 하니
열매는 알 것이다 열매의 빛깔에 깃든 축복이
시간이 돌아와 앉은 빛이란 것을
그래서 모든 열매는 싱싱하다
쇠락하기까지 회복한 시간은
잘 읽은 과육으로 온 땅에 수확의 때를 알리니
순간을 거두어들인 자들의 감사함이

들판에 넘실거렸던 때를 기억하는 자들아
우리가 여기라면 어떠하냐.
나는 나의 씨앗을 보지 못한 자라
아직 그 감사의 빛깔을 알지 못하지만
저 손짓이 나를 반기는 빛깔 앞에
가만히 나를 내버려 두고
오늘은 햇빛을 맞는다.
우리는 지나간 시간이
늘 지금인 줄을 아직 모르기에
다만 이 빛이 따스하다고 말해도 괜찮다.

처음의 노래로 돌아가려 하네

끝에서 끝으로 이어지는 길 위에서였네
낯선 이의 목소리가 미지를 열었네
처음 듣는 노래의 첫 소절에게
마음을 모두 내어 주듯이
당신의 부름에 나는 그대를 향해 서네
그 순간 당신은 그대의 목소리로만 열 수 있는 문을
여네
그것은 이미 나의 문이 아닌 낯선 이의 문
나를 닮았으나 나를 벗어나 있는
미지의 빛으로 밝아진 문턱에서
경첩이 펼쳐지는 소리를 듣네
놀랍게도 그 안에 그대의 모습이 있네
이미 와 있었던 모습으로
내가 그대를 안다는 것이
내 삶의 유일한 비밀이라는 듯
비밀은 온기를 가지고 있다는 걸 알게 해 준 이여
이 모든 다정함은 이미 그대의 것이네
다시 있을 낯선 곁의 온기여

가까이에 오는 그대를 나는 부르지 못하고
당신은 먼 곳으로 떠나는 모습으로
고개를 숙여 인사를 하네
미지의 문은 끝까지 닫히지 않은 채로
흘러나오는 온기에 목소리를 맡기네
미지는 그렇게 처음의 노래로 돌아가려고 하네

누가 처음 어린 연인이 되었을까

그래서 어디로 갈까. 마주치자. 마주치자. 지나가는 일이야. 이건 아무 일도 아니어서 누구도 묻지 않았지만 여기는 역이고. 누군가는 옆에서 누군가를 만난다. 신나게 혼자만의 하이파이브. 한 소년이 지하철에 타고 한 소녀 앞에 서자 그 소녀는 소년의 가방을 치며 반갑게 인사한다. 옆이 곁이 되고 곁은 앞도 뒤도 없이 마주보아서 그대로 연인이다. 지하철은 역에서 역으로 출발하고. 오늘은 어디로 갈까. 이 질문들은 늘 갈 데 없이 어린 것일까. 풋풋한 웃음이어라. 소년이 소녀가 쓴 모자를 지금 막 발견했다는 듯. 모자를 벗겨 든다. 네게 맞지 않아. 그건 모든 연인들이 똑같지. 늘 맞지 않아. 투덕거리는 두 손. 손 안의 곁들. 늘 맞지 않는 하이파이브. 소년은 모자를 코로 가져가 모자 속에 밴 소녀의 냄새를 맡는다. 느리게 느려서 잠깐은 오래인 듯. 소녀는 소년의 가방을 마구 치는 중이다. 두드리고 두드리는 곁의 역들. 맞아 맞아. 다 지나가도 만날 것만 같아서. 누가 처음 여기서 어린 연인이 되었을까. 처음엔 이토록 조금쯤 토라진 채로 미소 짓는. 그들의 냄새를 막 기억하기 시작한 어린 연인들. 아마도 사랑은 향기롭지 않아서 더 깊이 기억에 남는지도 모른다. 그래서 어디로 갈까. 서로의 머리를 쓰다듬으며 어느새 그들은 곁에 앉는다. 앉아서 어디로, 어디로 그 말을 오래오래 말할 것만 같아서. 지하철은 또 한 정거장을 가고. 이렇게 가면 다 이루어질 것이라는 듯. 지하철의 리듬에 조용히 흔들리는 그들의 손은 서로를 붙잡고 몇 정거장을 더 간다. 언제까지나 어릴 것 같은 시간이 아마도 그 자리를 지나갔을 것이다. 어디든 역인 여기에서. 마주치고 마주치다가 헤어진, 한번은 맡았을 누군가. 우리의 곁으로 우리가 잃어버린 어린 연인들이 지나가고. 우리는 지나친 만큼 바빠진다. 누가 처음이랄 것도 없이. 언제까지나 바쁠 것만 같이. 앞도 옆도 그리고 늘 우리 자신의 것인 곁도… 혼자인 발자국들이 빠르게 가져간다.

보이는 것은 뜨거워지지 않는다

석쇠는 석쇠를 굽는다. 뜨거워지는 것은 보이지 않는다. 오늘은 어제의 반복이지만 조금 뜨거웠다. 그녀의 눈을 본다. 내가 그 눈빛에 달구어진다. 그녀는 모른다. 온도의 색깔을 아는 눈은 누구의 것일까. 하늘빛은 하루 종일 온도를 쟀다. 태양은 가장 뜨거울 때 하늘을 붉게 물들이고 밤을 부른다. 나는 그녀의 온도를 재는 데 실패한다. 처음엔 내가 구웠는데. 고기를 잘 구워야 하는데. 고기를 굽는 눈과 귀는 다른 사람이 가지고 있는데 조심스럽게 가장자리가 타기 시작하는 고기 몇 점을 그녀가 뒤집는다. 붉은색은 아무거나 잘 굽는다. 붉은색을 믿어 보기로 하여 고기 몇 점을 구워 먹는다. 석쇠 쪽으로 고개를 자꾸 내민다. 살아서 살이 맛있다. 어두운 식도는 늘 밤인데 맛은 보이지 않는다는 점에서 온도랑 비슷한데. 그만 좀 볼래? 그녀가 눈을 흘긴다. 석쇠는 고기를 굽지만 그냥 누워 있다. 기름이 빠지는 소리는 흥겹다. 무엇인가 잊은 것 같은데 석쇠는 씹지 않는데. 아무래도 아무렇게나. 일단은 씹는데. 밥때는 이렇게 와서 아무렇게나 가는데. 나는 밥 한 끼를 위해서 아무렇게나 살 수가 없다. 판을 간다. 판은 아무것도 보지 않는다. 석쇠에 남은 탄 자국을 나는 닦지 못할 것이다. 탄다. 타는 데 하루가 식는다. 그녀가 손을 내민다. 밤이다. 그녀가 밤에 고기를 얹고 있다. 얹히는 것은 눕는다. 누워 있는 것은 고기만이 아니다. 고기는 고기가 익는 것을 보지 못한다. 그녀는 보지 못하는 것을 오랫동안 보고 있어서. 나는 살아서. 살이 익는 것을 본다. 보이는 것은 뜨거워지지 않는다.

그녀는 그만 보라고 한숨을 쉰다.

누구나의 혀

혀는 여자의 뼈였다. 사람들이 미끄러져 나간다. 그럴
리 없지만 집과 차가 미끄러져 나간다. 미끄러지는데 자
꾸 준다. 줄어든다. 말이 나와서 말이지 미끄러지는 것
은 늘 이름들이다. 사람이 아니다. 집과 차가 아니다. 그
리고 차는 마신다. 사람에게만 이름이 있는 것은 아니라
고 차차로. 이름은 혀를 만들어 온 누구나의 이름. 부르
고 붙이고 주고 만들어지고. 가고, 가고. 만들어지고 만
들어지는 이름들에게 무엇을 줄까. 혀는 아무것도 주지
못하고 이름에게 혀가 되고. 또 만들지 뭐. 말이 혀를 밀
고 입을 열고. 매일이 나날인 혀는, 혀는 자꾸 여자의 뼈
라고 주장한다. 단단하다. 그럴 리 없는데. 혀가 사물을
단단하게 만든다. 다만 뼈인 혀를 위하여. 단단해진다.
단단하다. 무엇이 그렇게 미끄러지도록 단단하게 하는
것일까. 남자는 혀가 궁금하다. 남자에게도 혀가 있다.
그게 뼈는 아니지만 사물을 만들 수는 없지만 그런데,
여자는 혀로 사물을 만든다. 남자도 만든다. 말은 여자
가 먼저 시작했다. 시간이 입을 연다. 둘은 말한다. 아무
것도 가질 수 없다. 뼈가 배운 것은 그 명백한 거부라는

데 혀는 뼈가 하는 말은 하지 않는다. 이름을 부른다. 처음부터. 아마 그 이름을 부른지도 모르겠다. 이름은 혀를 만들어 온 누구나의 이름. 사랑하는 이름. 이름은 늙지 않는다. 이름과 같이 혀는 늙지 않는다. 슬프다는 것은 늘 이름이다. 여자는 남자와 마찬가지라고 말한다. 남자는 사랑할 때만 그것에 동의한다. 슬픈 것은 그런 동의다. 말이 나와서 말이지 말할 필요도 없는데. 늙지 않는 혀가 요구하는 것은 여기를 부르는 이름이다. 남자는 알지 못한다. 여자는 알지 못한다. 그래도 여자는 혀다. 혀는 잠깐이라도 그 이름을 붙잡기 위해 늘 미끄러졌다. 여기에 이름이 있을 리가 없어서 혀는 여자의 뼈다. 그녀만이 무엇인가를 낳는다. 혀가 혀를 위하여. 시간의 미끄러짐 속에 우리를 두둥이. 마지막에도 그녀인 여자의 뼈. 뼈들. 누구나에게 준 혀들. 기다려도 오지 않는 누구나. 누구나의 혀. 그녀의 혀.

우편의 눈

　음악이 시작되고 스러지는 사이 모든 우표가 같아졌다고 해도 무엇을 되찾을 수 있을까. 끝에서 오는 음과 시작에서 오는 음은 같이 갈 수 있는 것일까. 건반은 나란히 있어도 같이 갈 수는 없는데. 그건 무슨 사이일까. 사라진 것들에게 혼자 손을 흔들며 이별하는 것을 연주라고 말하면서 너와 나는 어떤 악보를 보고 있었던 것일까. 서로 모르게 몰래 인사를 하고 처음 만난 날을 너는, 처음으로 찾았지. 네가 불러온 소리와 내가 불러올 소리가 만나는 악보 위. 저마다의 음표들. 저마다의 우표들. 너에게 보내고 나에게 보내는. 서로의 우편에 앉아.

　내가 가진 악보는 오래된 것이었는데 늘 펼쳐져 있었다. 그대로의 악보. 나중에 도착할 소리들이 미리 붙여진. 언제나 한번은 먼저 읽은 편지들인 악보. 나의 방은 그런 것이었지. 나는 한때 소리들을 찾아 주는 손이었어. 오래전 일이지. 나의 오른손과 왼손은 한참이나 쉬었는데. 너의 편지가 도착했어. 너는 나를 어디서 찾았니. 여기. 너의 말. 조율을 의뢰합니다. 그대로의 악보를

칠 수 있도록 해 주세요. 편지에 적힌 너의 이름은 무언가를 닮아 있었지. 우연히 우연은 늘 닮아서 뒤늦은. 뒤늦어 붉은. 편지 같은 거 받아 본 적이 오래되었다는 혼잣말을 한 건 왜일까. 오랫동안 아무도 의뢰하지 않았는데. 나의 주소의 음을 너는 어떻게 찾았을까.

똑같이 엉망이 되었어요. 네가 말했다. 오래된 피아노 건반이 내는 소리는 이미 우연의 소리였다. 그것은 그녀의 방이었다. 네가 쓰던 것이니?라고 물을 수 있어서 다행이다. 너는 수줍게 머리칼을 넘긴다. 넘기는 것을 본다. 악보를 펼치고 나는 건반을 두드린다. 건반의 모든 다른 소리들이 똑같이 어디론가 뻗어 간다. 소리의 거리는 낯설지만 우연이 가 본 길이다. 악보 뒤에 있는 소리의 우연들. 나는 눈을 감는다. 눈을 감은 세계에서 주소를 읽어내는 것. 나는 그것을 손에 맡긴다. 잃어버린 소리는 아니야. 길을 잃는다는 건 아직 길 위에 있다는 것이니까. 너의 건반을 누른다. 여기는 도착하지 않는 곳에 부쳐졌나 봐. 음계들의 주소를 찾으려면 좀 써야겠어. 같이

연주해도 될까. 우리는 사이좋게 헝클어진 음들을 연주
했다. 나를 어떻게 찾았니? 조율의 세계는 오래전에 끝
났는데. 소리들은 어두우면서도 늘 소리의 거리를 펼친
다. 당신의 세계는 아직 끝나지 않았잖아요. 그래서 찾
을 수 있었어요. 소리가 소리의 건반을 누른다. 손가락
들은 길다. 그녀라고 주소가 붙는다. 피아노를 연주한다.
피아노는 피아노를 찾는다. 찾을 수 있겠다. 피아노는 간
주곡을 친다. 너는 웃는다. 나와 너 사이에 있는 음계들
에게 편지를 쓰는 중이야. 처음으로 와 달라고. 피아노
는 너무 오래된 주소라 조금 다를 수도 있어. 이전이 아
니라 오늘의 소리일 거야. 그대도 좋은 처음의 기억이지.
피아노만이 아니라 우리도 늘 달라지잖아요. 피아노도
그래야겠죠. 그래도 여기는 제가 오가던 세계가 남아 있
네요. 아마도 이 세계가 서로 닮으려 해 엉망이었던 것일
지도. 그렇게 닮는다는 것은 슬픈 것일지도 몰라요. 나
는 고개를 끄덕인다. 조금 달라진 피아노를 갖게 해 미
안해. 그게 피아노인 걸요. 너는 이제 피아노를 다 읽은
눈빛이다. 피아노의 뚜껑을 닫는다. 너와 다른 시간이 밀

봉된다. 그 후에는 모든 게 이별인 순간이 오겠지. 우연히 우연이 도착할 때. 여기를 어떻게 찾았니?라고 물을 수 있어서 다행이다. 말할 수 있겠지. 조금 달라진 너에게 나는 희미해진 채로 웃었던가. 우리는 그때 뜯어지지 않게 다만 나로 도착할 수 있었던 기적을 느꼈을지도 모른다. 가끔은 비밀인 우편이 도착한 순간. 사이좋게 잘못된 주소의 우편물이 우편함에 놓여 있을 때. 어떻게 찾았니. 그렇게 우편이 우연에 눈을 뜰 때. 받는 이가 늘 자신인 감은 눈을.

어떻게 되찾았니. 너와 나는. 사이좋게 뒤늦은 음악을. 뒤에 느슨히, 기댄 세계를.

게스트 하우스

　잃어버린 것은 물통이었다. 붐비는 객차 안에서 가방에 빼꼼히 꽂혀 있던 물병이 없어졌다. 역에 내려 가방을 앞으로 돌려 물을 마시려고 했을 때 거기 물통은 없었다. 누군가 내 물통을 가져갔다. 그 여행지에서는 흔한 일은 아니라고 했다. 게스트 하우스에서 내 얘기를 들은 여행자들은 도대체 누가 물통 같은 걸 훔쳐 가냐고 의아하게 생각했다. 나는 대답들을 들을 때마다 어떤 목마름에 대해 생각하기 시작했다. 도대체 어떤 목마름이었기에 평범한 플라스틱 물통과 거기 반쯤 담긴 물을 훔쳤던 것일까. 그런 질문들은 나를 조금 바꾸었다. 계획했던 여행은 물통 하나를 잃어버린 순간부터 미묘하게 흐트러졌고 나는 예약했던 여행지의 숙소들을 모두 취소하고 다른 곳으로 예약을 잡았다. 여행지는 이제 그다지 중요하지 않게 되었다. 사연을 들은 사람들은 무슨 그런 일로 여행을 포기하냐고 안타까운 듯 이야기했지만 괜찮았다. 물이야 사 마시면 된다고 하는데도 나는 새 물통을 사서 가방에 다시 꽂았다. 그러고 나니 어디든지 갈 수 있을 것 같았다. 그날 이후 새로 도착하는 여행지에서마다 떠나온 게스트 하우스의 이야기가 들려왔다. 내가 물통을 잃어버린 그날 이후부터 물통을 잃어버리는 여행객이 늘어났다고 했다. 아무리 보잘것없고 조악한 형태의 플라스틱 물통이라 하더라도, 잠시 눈길을 아름다운 경치에 옮겨 둔 사이 물통을 잃어버리는 일이 빈번해졌다는 것이다. 게스트 하우스는 어느새 물통을 잃어버린 자들의 공동체가 되었고 아무리 생각해도 무가치하게만 여겨지는 이 기이한 도난들에 대해 점점 궁금해하는 분위기였다. 식당의 식탁에 앉아 우리는 모두 조금씩 목마름에 대해 함께 질문하기 시작했고 그 질문과 더불어 여행하기 시작했다. 누가 그 물통들을 가져가 목마름을 달랬을까. 그건 알 수 없는 일이었다. 하지만 나는 어느새 그를 게스트라고 부르고 있었고 다른 여행자들도 그 호칭에 대체로 동의했다. 그리고 서로의 목마름에 대해서 안부를 묻고 헤어지곤 했다. 그 후로도 한동안 우리들의 여행지에선 물통을 잃어버리는 일이 흔했다고 한다. 그 빈번함으로 말미암아 모든 여행자들은 지나칠 때마다 서로 물통을 바꾸기도 하고 목마

른 사람에게는 물통을 넘겨주고 오는 일이 많아졌다고
도 한다. 아무 곳으로나 발길을 옮겼던 그 여행에서 돌
아온 다음에도 나는, 가끔 내 등 뒤에서 조용히 손을 뻗
어 오고 있는 그의 목마름에 대해 궁금해하곤 한다. 그
의 이야기가 아직 떠돌고 있을 게스트 하우스 식당의
식탁들을 떠올리곤 한다. 다른 무엇보다 어딘가에 빈 채
로 모여 있을 물통들에 대해서.

여행지에 두고 온 가방이 있다

여행지에 두고 온 가방이 있다. 잃어버린 자리를 잊어서 두고 온 가방. 가끔 누군가를 만날 때마다 그 이야기를 했다. 그때에만 우리인 자들과 함께였다. 우리는 맥주잔을 나누고 있었다. 그 후 가방의 소식을 전해 준 사람이 있었다. 가방은 아직 거기에 있다고. 바람이 불고 비가 와도 거기에 있다고. 가끔 누군가가 그 가방을 끌고 여행을 다녀오는 날들도 있어 거기란 말이 정확한 것은 아니지만, 분명, 거기 있다고 했다. 그래서 가방을 찾으러 가려면 가방이 돌아오는 날에 가야 한다고. 다만 돌아오는 날이 언제인지는 모른다는 얘기를 해 주었다. 그래. 그게 정말 내가 잃어버린 가방인가 물으면, 네가 말한 바로 그 가방이라고 했다. 단단히 잠겨 있고 손잡이에 나의 이름표가 붙은 케이스. 아무도 열 수 없는 그 가방을 네 가방이 아니라고 할 수는 없다고. 그래. 그에 따르면 가방은 지금 여행 중이었다. 누구보다 자유롭게. 다른 이의 가방을 끌고 여행을 다녀오다니 그 신기한 나라의 사람들은 도대체 누구야라고 물었지만 사실 그것은 중요한 것이 아니었다. 우리가 그런 신기한 나라의 사람

들일 수도 있으니. 그 신기한 나라 사람 중 누가 가방의
여행에 대해 이야기해 줄 것인지 궁금했다. 궁금해하는
순간에도 아마 가방은 어떤 이의 손에서 다른 이의 손
으로 건네지고 있을 것 같았다. 그렇다면 그 가방은 바
통이 아닌가. 바통이라. 건네지는 손을 거쳐 가방은 자
신의 이름을 얻었을 것이다. 그 생각의 끝에 이제 다만
내게 허락된 여행이 있다면 내가 여행지에 두고 온 그 가
방을 찾아 떠나는 여행뿐일 거라 생각했다. 내가 잃어버
린 가방이 나를 잃어버리고 더 멀리 여행을 다니고 있다
니. 나는 그 여행에 대해서는 아무것도 이야기할 수 없
을 것 같아서 빈 잔을 어느 때보다 꼭 잡아 보는 것이었
다. 말할 수 없는 그 여행의 기억은 어떻게 내가 아닐 수
있을까. 피할 수 없는 질문 앞에 서며. 이제는 주인이 없
는 가방. 나는 그 가방을 여행지에 두고 왔다.

치타공

바다 안개의 도시가 배의 무덤이 된 이후 사람들은 더 이상 항해를 떠나지 않았다. 그들은 항해법 대신 거대한 배를 해체하는 방법을 익혔다. 잔잔한 날들이었다고 기억하는 날들. 사람들은 안개 속에서 배의 거대한 철제 외벽을 떼어냈다. 배의 혈액인 양 기름이 흘러나와 비치빛 바다는 검붉게 변했다. 물고기 한 마리 없는 해안이 되는 동안 떼어낸 철제들에 혼을 판 이들은 가끔 자신의 목숨을 단번에 떠내기도 했다. 그러고도 거대한 배가 순조롭게 분해되는 것이 알려지자 세계의 선박들이 안개의 바다 앞으로 몰려들었다. 그날부터 배들의 세계가 그 도시의 바다 앞에 난파되는 것 같아 보였다. 아니 그 도시의 시민이 거대한 배의 잔해 속으로 난파해 들어갔다는 것이 더 정확했다. 목숨과 바꾸어 떼어낸 철제품은 칼이나 공구가 되어 팔려 나갔고 그런 이유로 모든 것이 괜찮은 듯이 잘 돌아갔다. 이제 그 도시의 사람들은 바다 안개가 아름다웠던 시절의 기억은 잃어버린 지 오래다. 그래도 바다에는 여전히 안개가 내려앉는 곳이 치타공이다. 우리는 그 도시의 이름이 치타공이란 하

나의 이름만 가졌다고 알고 있지만 그 이름에서 흘러나
온 안개는 우리에게도 닿아 있다.

판

아내는 숙소를 집이라 불렀다

아내의 말을 따르자면
판 위에 숙소를 삼은 오늘은
판도 집이었다

집이 다만 하나의 판이라니
조금 서글프기도 하지만

우리가 묵어 온 모든 자리가
서로 다른 장소였다 할지라도
단 하나의 집이라고 생각하니 따듯했다
그 온기가 지나온 숙소를 이으면
하나의 판이 될지도 모르겠다

어떤 과학자는 우리가 사는 이 땅이 사실
액체 위에 떠 있는 판과 같아서 끝없이 움직인다는데
그렇다면 아내와 나는 이 판의 진실을 살아내는

집의 가족이 아닐까

그녀가 하루의 노동을 마치고 잠드는 곳에
나 또한 이미 도착해 있다는 느낌

밀가루 반죽이 한편에서 숙성되는 시간으로는
아무것도 가늠할 수 없으나
나는 잠시 하나의 판에 몸을 맡긴다
그러곤 집이라는 거대한 판의 이미지를 덮고 잠든다
지금은 그 이미지의 이불을 함께 덮는 우리이겠으니

다음은 늘 간단하다

우리에게 찾아오는 이튿날을 이어 나가는 것이다
일어나
커다란 빵 반죽에서 알맞게 떼어낸 빵들을 오븐에 넣
을 뿐이다
여러 개의 판에 담아

층층이

빵이 오븐에서 알맞게 부푸는 동안
열기를 견디는 빵 아래 판도 은밀하게 익어 갈 것이다

그곳이 어디든 판이 있는 곳이면
우리가 짐을 풀어 둔 집이 있다.

2부

아무도 읽지 않는 글자의 빛깔

암점

　병상에 누운 아버지와의 대화는 지나가고 있었다. 그는 다시 여기가 어디냐고 물었다. 아무래도 그는 좀 가벼워지고 있었다. 나는 낡은 그의 안경을 고쳐 씌워 주었다. 그의 시선 속에서 여기가 녹고 있었다. 아들아 나는 오늘도 기억이 깜깜하구나. 날씨는 어떠니. 나는 흘러가는 것을 모른 체했다. 오후의 빛이 기울고 있었다. 아버지. 오늘은 강이 얼었어요. 언제 또 겨울이 왔니. 나는 춥지 않으니 걱정 마라. 아버지의 기억은 여기에 없다. 기억은 이제 그 자신만이 아니라 아무도 들여다볼 수 없는 장소에 놓여 있다. 나는 그의 기억을 들여다보지 못한다. 대신 나는 병원 오는 길에 본 언 강을 생각한다. 그런데 아들아. 너는 내가 여기에 있는 줄 어떻게 알았니. 아버지 우리는 오래 같이 살지 않았어요. 그래서 찾을 수 있었답니다. 그는 여기라고 말할 줄 알았지만 여기가 어디냐는 내 질문에 여기라고 대답할 뿐이었다. 그러고 보니 그에게는 모든 곳이 여기였다. 여기 곁으로 모든 것이 흘러가는 것 같았다. 병상 가까이에 거울이 놓여 있었다. 가까운 거울을 아버지 대신 내가 본다. 거울 속에서 아버지가 흘러가고 있었다. 어디에서 흘러왔는지 모르는 대로 그는 아버지가 되었는지도 모른다. 흘러서 어두워진다. 아버지는 그렇게 흘러와 불행했는지 모른다. 이제 아버지는 자신의 입으로 늘 말하던 불행도 잊고 어둡다고 하신다. 여기가 어둡다고 하시면 팔을 가끔 긁으신다. 여기가 좀 가렵구나. 가려운 여기가 주름이 져 있었다. 거울을 두고 다음에 또 올게요 인사를 한다. 진찰실에서 만난 의사는 아버지가 그마저도 잊고 있다고 진단했지만 문병만으로는 알 수 없었다. 나는 의사가 화면에 띄운 아버지의 뇌 사진을 보면서 그게 그의 여기이구나 생각했다. 그의 뇌에는 여러 갈래의 강이 있었고 오는 길의 강처럼 얼어 있는 듯 보였다. 여기는 결빙되어 어둡구나. 거기에 그가 놓여 있었다. 돌아오는 길에 나는 차창 밖의 언 강을 오래 바라보았다. 군데군데 얼면서 녹는 강의 암점이 보였다. 암점을 바라보며 나도 잠시 팔을 긁적였다. 흘러가면서 녹는 여기란 저 암점인 것이다. 잠시 깊은 점인 순간. 그때에만 잠시 장소인 여기. 잠시 안이자 바깥인 암점. 어쩌면 거기에서 나눈 대화는 한 순간도 흘러가지 않았던 것일지 모른다. 그래서 조금 가려웠을지도. 어떤 불행은 간지럽다. 강의 암점에서 갈라져 나오는 선들. 언 주름들. 추위 속에서 암점의 깊이에 다가서는 힘. 거기까지가 다 암점일 것이다. 차창 밖에 걸린 암점을 오래 바라보았다. 여기에 도착해 있는 오래된 깊이. 창밖이었던 시간이 어두워지는 밖을 비추고 있어서인지 나는 같이 살 수 있을 것만 같았다.

리듬

숲이 있다. 거기 있다는 것이 숲인 깊은 숲
희미한 달무리에 둥글게 젖는 밤이 오면
숲은 자기의 숨인 리듬에
고요히 귀를 기울이고 있다
고요의 리듬은 느슨하고 느슨하여
아무 일도 하지 않는다
흐릿하고 어두워서
어두워짐으로 풍성해지는 세계로
리듬은 흘러간다. 가늘게
흘러가는 고요의 리듬은
세계 속에서 늘 무력했다
그러나 리듬은 무력함이 힘이므로
무력함의 힘으로 무럭무럭 숲을 키운다
가지런한 잎사귀들이
바람과 물속에서 푸르러지는 것은
늘 리듬 속에서 이루어졌으므로
새들이 제 부리로 노래하는 것은
늘 리듬의 온기 때문이므로

가까이 또 멀리에서 넓어지는
숲은 고요의 뿌리로 가만히 다른 숲을 부른다
숲의 리듬이 공명하며 펼쳐지는 것은 그 때문이리라
지금 여기 어디에서나 조금씩 멈춤 없이
리듬은 가는 뿌리를 내린다
숲을 비추는 달무리는 숲의 리듬에 맞춰
희미한 손끝으로
지구를 돌리고 있다
리듬은 그렇게 아무 일도 하지 않는다
세계를 움직이는 일 이외에는.

계시

누구에게나 태어나기 전에 도착한
흩어진 흔적들이여
먼저 왔기에 뒤늦게 도착하는 말씀이여
수신자의 이름이 없는 편지여
펼쳐 본 자가 없는 메시지들을 찾아
떠난 자리에서 우리는
처음 피어오른 연기를 보았네
아무도 그 자리를 찾지 못한 채
길은 조금씩 처음으로 이어지고
조금씩 연기되었네
이제야 우리는 우리가 미룬 것들을
어디에든 버려 둔 채로
말씀을 찾아 증언하네
편지의 겉봉이
편지들과 닮아 있음을 뒤늦게 알았으니
증언들은 오래전에 폐기된 것들일 뿐이네
폐지를 모아 차곡차곡 쌓아
리어카에 실어 온 노인들처럼

우리는 다만 몇 푼의 노자를 받아
다시 길로 나설 뿐이네
그 후에야 편지들은 새로운 소식들을
기쁘게 받아 새로워질 것이네.

시간의 현수막

늦여름 새벽, 새벽마저 첫차를 기다리는 정거장에 서서 뒤돌아보니 그늘막 속 희미하게 밝아 오는 자리에 앉아 있는 시간이 보였다 시간은 침묵하고 있었다 아니 침묵이 시간을 펼쳐 두고 있었다 그사이 마스크를 올려쓴 몇몇 사람들이 정거장에 왔다 그들은 익숙하다는 듯 침묵에 귀를 기울이며 점멸하는 정거장의 안내판에만 가끔씩 눈길을 주었다 그늘막 뒤편 포도밭에는 줄지어 영그는 포도송이가 무심하게 가지런했다 농익은 포도향이 시간의 침묵으로 스며들었다 포도알처럼 무슨 말인가 하고 싶었지만 하려는 말이 무언지 알아채기 전에, 환하게, 아침은 오고 버스는 승객들을 태우고 떠났다 정거장에는 현수막만이, 아침 햇살 속에 색이 바랜 글자들을 펼쳐 두고 남겨졌다 아무도 읽지 않는 글자의 빛깔을 더듬으며 여전히 시간은 그 자리에 있었다

테레시아스

먼 기다림이 더 먼 기다림을 기다리듯
지팡이가 몸을 이끄는 대로 그는 길을 간다
한 손에는 지팡이 다른 손에는 가죽의 책
모든 것이 이미 너무 낡아 그와 더불어 조금씩 허물
어진
그의 소유는 이제 그가 보는 어두운 세계 쪽으로 무
너져 간다
왼발은 조금
더디고 오른발은 조금 늦게
도착해야 할 곳이 없어야 예언자라는 듯
그는 그런 삶에 대해 오래 침묵했으므로
자신의 이름도 더는 말하지 않았다
지나가는 행인은 그를 비웃듯이 지금 여기가 어디냐
어느 날인가를 묻지만
그는 모든 때가 늘 밤과 같이 와 있는 시간이라고
우리는 다만 모두가 순간의 온도일 뿐이라서
대답하지 않고 지나치는 게 나쁜 의도는 아니라며
그의 먼눈 안으로만 대답하며 걷는다

걸어서 다만 이미 어두운 사물의 곁을 지나친다
대답이 없는 시간을 견뎌 온 자들은 알지
가죽으로 묶어 둔 경전의 페이지가 스스로 부서질 때
모든 것이 다만 페이지였음을 깨달을 날이 오겠지
모든 문자가 다만 어둠이 되었을 때
비로소 모든 이야기가 하나의 패턴으로
아무런 비밀도 남기지 않고 가까워지는 날이 오겠지
그때에 아무도 초대하지 않는 곳에서
그는 멈출 수 있을 것이다
그때에 그는 어떤 초대장도 없이
단지 그의 걸음으로만
그 장소가 처음 그의 눈동자 속에 써 둔 이야기를
고요히 꺼내어 보일 수 있을 것이다
고요가 영혼이라면 그 영혼의 빛을 꺼낼 수 있는 거기
먼 기다림이 기다림을 이끌고
모래 먼지가 매일 조금씩 지웠다 여는 지평
모두에게 초대인 순간의 때여
거기에 도착하기 위하여

아무도 아무에게도 완성일 수 없는 때를 위하여
그는 걷고 걷고 또 다시 걷는 예언자니
누가 조롱하듯 그의 이름을 물으면
처음부터 다 잃은 자라 대답하지 않을
그에게 돌은 던지지 말고 그저 지나쳐 가라
다만 모두인 자들이여 보라
너희는 눈 있는 자이니 보라
단 하나의 완성된 유일한 이야기가
우리를 지나쳐 가고 있다.

몸이 곧 예언이니

걷는다는 것은 몸이 바뀐다는 것이다
걷고 걸어 걸음에 눈이 멀면
그때에 우리는 서로가 다만 서로여서
몸을 내어 주어도 어색하지 않으리니
그때에는 스스로가 누구인지도 모를 일이로다
우리는 그 증거로 서로에게 눈을 맡기니
그 눈은 아무것도 쓰지 않는다고
단지 그릴 뿐이라고 걷는 자여 말하라
우리의 순례는 길고 긴 드로잉
화폭은 없고 걷는 자의 지워지는 발자국만이 있다
　그것은 끝없이 면이 면에게 내어 주는 그림
　도착시킬 몸만이 다만 몸인 자를 더듬어 열고 닫는
문
　모두가 같은 이름이 되어도 몸은 각기 달라져 슬픈
자들이여
　몸이 바뀐다는 것은 걷는 것이다
　먼저 걷는 자가 가장 나중에 걷게 될 것이니
　우리의 순례를 위하여 끝까지 완성되지 않는 몸이 되

어라
　우리가 서로에게 떼어 건네준 눈을 만지며
　이 모든 교환이 기억해야 할 모든 슬픈 몸이여
　몸이 곧 예언이니 일어나 걸으라.

사막의 시

시인은 사막으로 떠났다
그 사막의 이름을 아는 이는 아무도 없었다
다만 그가 그 사막을
모든 사막이라고 불렀다는 것 외에는
휘파람을 불며 떠난 그 길을
비단길이라 이름하고 그 길을 떼어냈다
길은 완전한 단절을 통해
자기의 이정표를 만든다고
그렇게 누구도 지난 적 없는 길로 되돌려주는 일이
길의 배려라고 했다는데
건조하게 말라 가는
여행자들의 고된 신음 소리를 따라
어떤 민족의 언어도 아닌
모든 언어의 끝
그 끝의 사구를 오르기 위해
그는 길에서 떠나고 또 떠났다
모래바람이 사구들의 자취를 지우고
새로운 사구를 만들 듯이

그 자신이 사막이 되려는 듯
사막을 향해 나아갔다
그곳으로 나아가 그 자신마저 내려놓고
우주의 어둠마저 모래들로 되돌려 놓는
사막에서 사막의 언어를 마주하려고
그 검은 언어의 관을 쓰려고
우주가 광대한 어둠의 광휘 속에서
고독하게 서서
태동시키는 언어
그 별들의 세계로 가려고
시인은 시인마저 길에 벗어 두고
시는 자신의 사막으로 떠났다.

세기

친구를 만나지 못했어
좀 지나서야 여기가 어딘지 물어볼 수 있었다니
자꾸 어딜 다니라고 하니 다니다가 여기에 담겼네
내가 담긴 이곳을 나는 방이라 부를 수 있을까
누가 데려다 놓은 것만 같아
왜 시간은 칸이 좁은 방을 만든 것일까
떠나온 날들에 붙일 이름을 나는 과거형으로만 배웠
는데
오늘에라도 나는 그 과거를 붙잡고 싶은데
만나려는 사람은 사람일까
만나려고 하지 않아도 사람일 텐데
사람을 구할 수 있을까
친구를 만나지 못해도 나의 방은 오를 텐데
시간을 잠재우지 못할 텐데
이제 남은 건 쓸데없는 걱정과 그냥 산다는 것
꼭 친구를 사귀라고 하던 사람들의 말이 생각나
어디에 갔는지는 몰라도 다니고는 있을 누군가
누가 곁에 있을 수 있는 걸까. 인간에게

지금 인간에게 곁이 있는 걸까
다녀오고 다녀가는 오고 가는 시간들은
안 그래도 살아서 더 단단한 뼈를 층층이 쌓을 텐데
세기라는 말을 쓸 수 있을까
이건 다른 말이야라고
편안하고 편리한 날들이야 조금은 묻지 않아도
질문하지 않아도 될 날들이야
차갑거나 따듯하지 않은 온도의 세기야
기다리는 다른 시간은 정말 살아서 올까
아무도 몰래 친구를 낳고 싶은
갇힌 채로 차오르면 긴 자루가 될 거 같은
나는 자꾸 무얼 담으려고 하는지
깊게 가라앉으면 갈 수 있을까
저 밖에서 밖으로 갈 수 있을까.

세기 2

닿지 않는 자리가 있었다
몰라보게 시간이 맞서는 가장자리
두께를 가지고 사는 것들은 피할 수 없지
반복이 덧나며 출렁이는 선
페이지를 넘기는 바람에
읽지 못한 일기를 뜯어내며
너는 거기에 누구의 이름을 적어 놓았을까
몰래 떠나보낸 걸 기억하려고 하면
강가의 나무들은 가지를 꺾어 하류로 떠내려 보내고
사는 건 왜 이렇게 아무것도 아닐까
나의 나라에서 시간이 간다
말할 수 없이 작은 낙담에도 너를 기억하려고 했는데
흔들리는 이름들의 경계의 곁으로
닿지 않은 물결이 흘렀다
세기를 읽어 버린 물결은 푸르게 썩고
나는 이 나라를 떠나고 싶어도 갈 수가 없다
시간이 나라를 가진다는 건
네가 세운 나라에서만 가능한 일이었으면

사랑한다는 말로도 목숨이 닿는 건
네가 서 있는 거리가 잃어버린 손들로
어두워지기 때문일 거라고
흔들리며 넘치는 것은 아무 데도 가지 못하고
어디로 고여 드는 걸까
허물이 긴 너의 이야기를
나는 아직도 다 읽지 못해서
여기에서 너를 바라본다
눈이 눈물을 잃는다
너의 손으로는 가릴 수 없는 지금

세기 3

너는 두 개의 도시를 지었지
둘의 시간 속에 가끔 잠자는 도시는
허물어지며 다시 세워졌다지
누가 그것을 시간이라고 부르기 시작했을까
시간의 도시를 짓는다는 건 잇는 것이라는 듯
흐르는 것은 처음부터 사랑스러웠던 세계여
주소를 가르쳐 주지 않아도
강물 위로 수관을 내리는 별들처럼 잠들고
자신의 목소리로 몸을 세우는 건물들이 밖으로
천천히 문을 내던 날들
시간에게 사랑받지 못한다는 슬픔만은
강을 건너 깊이를 가지고
숨결을 만지던 시간은 강이 되었지
누군가 너의 이름을 붙이기 전에
내가 먼저 너를 부를 수 있었다면
시간에게 미소를 가르쳐 줄 수 있지 않았을까
횡단하지 못한 한 생을 강변에 망루로 세우고
누가 띄운 배를 기다리듯이 도시는

밤 사이로 흐르는 강물에 그림자를 허문다
두 도시가 하나가 되는 시간이 어둑어둑
다녀가지 않은 영혼아 여기에 세울 도시를
그대로 놓아두어 줄래
내 안으로 흘러드는 강을 안을 수 있다면
시간이 세기를 가지는 비밀을 나눌 수 있을 텐데
누가 낳은지 모르는 시간이 횡단한다
가볍게 빛은 쏟아지고 아무도 없는 길들로 나서는
도시의 그림자들이 문을 닫으며
강물은 한번 이은 도시를 허물며 흐른다
떠나며 아무 말도 하지 않기 위해
강물은 모일수록 잠잠해지는 것이다
내 몸의 숨결로 물소리가 흘러든다
숨의 세기에 숨겨진 시간의 주름을 펴며 이별하는
너는 여기에 지어진 두 개의 도시.

세기 4

너의 손이 나의 시간을 만지던 날
시간은 너의 이름을 가져갔지. 오늘은
늘 도착할 세계가 어디인지 알고 오는 걸까
세기의 옆에서 서 있자고 너는 말했던가
어딘가로 가려 하면 문이 늘 기다리고
문은 뒤로 물러나며 달려가
이 미끄러짐의 고백들 앞에
내가 막힐 때 너의 곁에 있는 것은
누구나의 정거장이었을 것만 같아
너의 뺨에서 빛나던 시간의 한때를 기억해
시간의 옆. 잠시 눈이 멈추고 귀가 들었던 빛소리
길은 그 시간에 정말로 우리를 인도하던 길이었는데
모두가 잃어버린 옆을 끌어안고 걷는 지금의 길은
물어도 물어도 흔들려 주지 않는
하늘에게 안겨 있는 길
네가 모든 사람을 두려워할 때 내게 다가와 준 날을
너는 처음이라고 불렀는데
여기 어디에도 처음은 없어. 잃어버린 세계의

너를 이제 잊으라고 말하는 건 누구의 시간일까

아무도 보내지 않은 메시지에

지금을 달아 둔 것이 기억이라는데

누가 그걸 기다림이라고 불렀다면

나는 너를 찾아가고 싶어. 다시

어디에 서도 문들인 세기의 영지

아무 일 없이 가도 시간인 시간 속에서도

밀려 나오는 문의 노선을 아직 누구도 그리지 못했다
고 해도

세계는 점점 변해 가. 네가 나를 두고 갔는지

내가 너를 잃었는지 모르지만 믿어 보려 해

멈추면 다시 들을 수 있는 시간일 거라고.

귀가 붙잡은 시간을 처음 만나던 날의 너는 쓰다듬었
지

모르는 얼굴이 되어도 너를 배웅하던 날의 시간을

눈이 잊어도 귀로 기억할 사람이 있다는 걸

흘려주면 안 되겠니. 시간의 뺨을 만지는 인간을

사랑하면서 한 세기가 지났다고 나는 다시 오는 문

앞에서
　말할 수 있을 것 같은데. 이름을 부르지 못한 목소리
는
　내 안에서 견뎌 온 동안 또 다른 세계가 되었다고
　소리를 만들어 흔들 이 작은 용기로 우리의 세계가
　제 몸을 밀며 나올 시간을 연주할 거라고
　문에 부딪치는 몸들을 열림이라고 말하는 너를
　나는 지금도 따라나서고 있다는 걸 너는 알까
　세기의 문 아래. 시간의 그늘에 잠시 머문
　너의 말들을 흔들어 주면. 조금. 부서져 있었지만 하
나인
　부서진 하나인 너를 위하여 이 세기의 어디쯤엔가
　시간을 만지는 것은 너의 손이라고 적어 둘 텐데
　너의 이마에 빛나던 빛을 나는 노래할 텐데
　우리의 몸이 드러나며 스스로 이름이 되어.

세기 5

기적 외에 모든 일이 일어나던 날들. 그날들은 어떤 기록도 되지 못할 거라 했다지. 시간이 시간을 잃어버리던 세기에 우리들이 있었다는 걸 알리려면, 어디로 가야 할까. 항상 그날인 곁을 떠나고 싶었다고, 다 끝내고 싶다고, 오늘날은 언제가 끝의 일자들로 또렷하다고. 끝의 텍스트. 거기서 무엇을 할 수 있겠니. 너는 다른 사람이라고 다음과 다음의 그다음이라고. 오기 전에 파괴된 시간이 가리키는 희미한 시간의 손톱. 그 사이로도 너는 무언가를 보는 타자인 거니. 너는 오고, 그러니 내려놓은 팔들이 걷기 시작했지. 끝의 곁에 서서 시간이 시간을 넘어설 수 있을까. 시간이 시간에게 질문하도록 너는 오는 거니. 다음과 다음의 너. 온다는 것이 모든 것이라는 표정이 있다면 그게 너의 표정이겠지. 아무것도 구원하지 않으면서 다음인 너. 시간이 나아서 나아서 아프지 않았으면. 네가 끝을 허물고 온 곳에서 한 발자국씩 밖으로. 밖으로. 오는. 너는 편한 신발을 신고 오는구나. 좋아하는 데로 끝에서 오고 끝에서 시작하는 발들. 지금부터 이전의 끝을 마무리하고 사랑한다고 하면 너는 뭐라고 할까. 오는 너를 볼 수 있을까. 여기를 바라보는 눈으로는 너를 볼 수 없어서. 나는 그저 걸을 뿐이고. 다음과 다음의 끝을 이으면, 이대로 시간을 두어도 괜찮을 것만 같아서, 조금은 나, 시간을 호흡할 수 있을 것 같아. 그런 느낌이라면 미소가 좋겠지. 네가 오면 손을 잡자.

　손을 잡자. 사실
　이건 아무것도 바꿀 수 없는 힘이야.
　나와 너의 손
　긴긴 날들의 손
　마주하는 다음들

　그런 날이 오면 우리는 그저 걷고 있는 거라고. 걷는 힘으로 확실히 한 발자국씩 앞으로 나아가고 있는 거라고. 너에게 그림자가 되라는 그런 시간 따위 나는 놓아버릴 거야. 나의 끝에서 너는 끝이었고 다시 시작이었고 손을 부드럽게 흔드는 너는 나를 하나의 추로 만들겠지.

너의 시간으로 만들어질래. 만들어진다는 것은 무언가가 된다는 것이고 그건 적어도 하나 정도는 우리가 우리를 우리의 것으로 허락한다는 신의 약속. 끝을 밀고 나아가 보자. 끝의 곁이 바깥에 닿게. 우리의 몸으로 시간이 시간을 만지도록 밀고 나아가자. 다음과 다음의 너. 오고 있는 거지. 바깥의 바닥을 단단히 밟고. 아무것도 바꿀 수 없는 힘이라도 다음을 열 수 있다니. 너는 이 세기를 어떻게 부를 거니. 오고 있는 아직 오고 있는. 좋아하는 데로 온 힘의 발로 청춘인. 다음의 세기인 너를 가까이에서 마주하면 손을 잡자. 네가 온다. 우리의 밖. 다음과 다음의 다른 밖. 밖의 시간으로 숨 쉬어 여기 새롭게 나타나게 할 나의 사랑스런 타인. 타인의 세기가 오면 아무도 모르게 기적이 일어나는 모든 일들. 그날들을 세기로 부르게 하자. 오고 있니. 나는 다음으로 향해 가고 있어. 그렇게 하루하루 우리 끝의 곁으로 오는 너.

타인이 온다.

3부
모두가 떠난 곳을 살아내는

페이퍼 컴퍼니

그는 종이를 접는다. 출근길이라고 관찰자에게 손짓한다. 접은 종이로 먼저 회사를 만들었다. 이름을 써 주면 간단히 완성되는 회사. 그 회사를 위해 유리병이 필요하다. 회사는 투명한 관을 좋아하니까. 그는 그 대신 종이학을 출근시키기로 하고 회사와 계약을 맺는다. 주인도 주인의 계약을 맺어야 하니까. 그렇게 출근을 하기로 한다. 다만 종이학은 그가 주인인 줄 모른다. 그가 원하는 모양으로 접은 종이학이므로. 그래야 한다. 종이학들이 출근하는 커다란 유리병을 본다. 오늘 하루를 위해 종이학을 접어 그 병에 넣는다. 종이학의 개수는 그의 마음이다. 학이 출근한다. 날마다 출근하는 학들. 학들의 고개는 순종적이다. 그래도 목은 꼿꼿하도록 잘 접어 준다. 그래야 멋진 학이니까. 유리병에는 층이 필요했는데 일단 급한 대로 아무렇게나 넣는다. 대부분의 회사가 그렇듯이 다만 유리병이면 된다. 어떻게 놓여 있는지는 중요하지 않다. 다만 잘 보이면 된다. 유리는 반짝인다. 출근이 끝나면 뚜껑을 덮는다. 뚜껑의 상단에는 종이를 접어 만든 회사의 이름을 잘 보이도록 적어 준다.

그러는 사이에 보니 학들은 아무렇게나 엉켜 있다. 엉켜 있는데도 층이 생겨 있다. 종이학들인데도 층의 무게가 있다. 어떤 종이학은 위로 올라오기 위해 조용히 발버둥치는 중이다. 흔들어 본다. 아무렇게나 더 섞이도록. 그 안의 모양을 보니. 재미있다. 그는 그게 자신의 일이라고 생각해 본다. 흔든다. 순종적인 고개를 지닌 종이학이지만 부리는 날카롭다. 흔들면 그것은 서로를 공격하기도 한다. 유리병은 그 모든 것이 잘 보인다. 다만 유리병 안의 종이학들은 볼 수 없는 흔드는 힘이 그것을 만들었다는 것은 보이지 않는다. 회사니까. 폭력은 알려지지 않는다. 다만 이 모든 걸 감내하며 살아야 한다고 유리병 안에서 학들이 말할 것이다. 그들은 스스로 그것을 잘한다. 학들은 똑똑하다. 그들은 질서를 만든다. 그래서 그는 학에 대해서는 다른 고민을 하기로 한다. 학들이 유리병을 가득 채우는 날이 곧 올 텐데. 그때에는 좀 덜어낼 필요가 있을 것이다. 유리병이 예쁘게 보여야 할 테니까. 그는 선반 위에 유리병을 놓는다. 그리고 시선을 옮겨 빈 유리병을 바라본다. 그래 아직 할 일이 남아 있군. 그는 종이를 꺼내고 잠시 이름을 고민한다. 그가 회사라고 이름을 쓰면 그것은 회사가 된다. 그가 시작한 이 일은 관찰자에 따르면 매우 병적인 모습으로 보였지만 놀랍게도 현실이 되곤 했다. 처음에는 출근할 곳을 만들기 위해 시작한 놀이였다고, 그는 주장했다. 관찰자들은 그에게 거리를 두었지만 시간이 지난 후에 그의 숭배자가 되었다. 그는 『페이퍼 컴퍼니―회사의 기원』이라는 유작을 관찰자들에게 남기고 세상을 떠났다. 관찰자들은 오늘도 그의 유작을 읽으며 종이를 가까이에 두고 있다. 그들은 종이 위에 쓰고, 무엇보다 종이를 접는다. 그들에게 이 종이는 투명하다. 종이는 종이에 쓰는 것을 읽지 못하므로 종이다. 그들은 그 종이를 접을 때에만 잠시 고개를 숙인다. 학의 모양이다.

회전초

　회전초의 원래 이름은 러시아 엉겅퀴라고 한다. 뿌리에서 분리되어 바람에 굴러다니는 식물이라 회전초. 가끔씩 해외뉴스에는 강력한 토네이도를 만나 거대한 불기둥을 이루는 회전초에 대한 기사가 나오기도 하지. 구르고 날아다니며 아무 곳에서 쌓이는 가벼운 식물, 회전초가 온전한 식물의 기능을 가지고 있다는 건 아무리 생각해도 신기하기만 해. 리좀 이론을 창시한 들뢰즈와 가타리가 회전초를 주의 깊게 살펴보았다면 그들은 노마드의 개념을 회전초에서 찾았을지도 모를 노릇. 그런 일은 일어나지 않았지만 아무래도 괜찮은 회전초, 발견될 때마다 폐기되거나 수거되는 풀. 이제는 그냥 골칫덩어리가 되어 버려서 러시아 엉겅퀴란 이름도 빼앗긴 식물, 회전초. 이젠 그냥 회전초가 되어 버린 회전초. 러시아에서 미국으로 흘러 들어가 미국의 서부에서 끝도 없이 퍼진 회전초는 실패한 혁명이 되고야 만 러시아 혁명의 잔여 같은 것. 아마도, 혁명의 식물적 복수. 어디에도 유입된 경로가 남아 있지 않은 회천초. 찾아보면 찾아볼수록 회전초인 회전초. 아마도 아무거나인 회전초. 바람에 굴러다니고 어디에도 머물지 않으며 척박하고 얕은 땅에도 자랄 수 있는 식물. 어떤 곳이나 자라지만 어디에도 자라지 않는 식물. 아무 곳에나 살 수 있지만 살 수 없는 곳에선 불이 되는 식물. 회전초. 지구가 멸망해도 살아남을 수 있는 식물이라는, 종말을 살아내는 회전초. 식물의 묵시록 회전초. 의미를 남기지 않고도 묵시록인 끝. 종말이 자라면, 가볍고 둥글어지고 날아다니는 것이 된다는 걸 알려 주는. 회전초. 끝에서 끝까지 아무 곳으로 만드는 풀의 이름 회전초. 온몸으로 모두가 떠난 곳을 살아내는. 끝도 살 수 있다는 걸 보여 주는 풀. 구르고 구르고 굴러, 날고 날아서 쌓이는, 쌓여서, 여기 바로 앞에 와 있는 풀의 이름 회전초.

집비둘기

집비둘기는 이제 유리를 알아본다. 구구. 다른 조류
와는 달리 집비둘기는 도시의 거대한 투명 마천루의 유
리벽에 부딪쳐 죽지 않는다. 구차하게. 그러지 않는다. 이
제 그들에겐 버드 스트라이크란 없다. 비둘기도 세대가
달라졌다. 구구. 그들은 아무도 모르게 진화하는 중이
다. 구우우. 어떤 집비둘기는 출근길에 지하철 플랫폼으
로 내려가는 계단을 따라 바쁘게 뛰어 내려간다. 출근
을 하려는 듯이 계단을 내려온다. 사람들이 비둘기를 피
해 계단을 내려간다. 비둘기는 계속 내려간다. 그러곤 스
크린 도어 앞에 멈춰 선다. 거기 문이 있다는 것을 알고
있다. 구우구우. 만원 지하철이 들어오면 다음 차를 타
겠다는 듯 잠시 물러나기도 한다. 꼭 타야 하는 건 아니
니까. 집비둘기는 상황을 내려다본다. 그러다가 마음에
드는 열차에 올라 다음 정거장으로. 그다음 정거장으로
간다. 집비둘기는 지하철을 탈 줄 안다. 다만 그들은 아
직 목적지가 없을 뿐이라 아무 곳에서나 내린다. 구. 그
것은 하나의 테스트라는 듯. 테스트는 상황을 투명하게
만들기 위함이라는 듯. 집비둘기는 투명함을 본다. 구구.

깨달았다는 듯. 그때 그때 운다. 그때 그때의 역에서 그들은 서로 조우한다. 그들은 혼자가 아니다. 그들이 모이면 집비둘기는 익명이 된다. 구구 구구구. 동일하게 집비둘기라 우리는 집비둘기를 구분하지 못한다. 우리는 암시적으로 그들이 조금 위험하다는 것을 느낀다. 검색을 해 보면 집비둘기는 유해 조류에 등록되어 있다. 앞서 집비둘기의 익명성에 위협을 느낀 자들이 있다. 그러나 그들도 인지하지 못한 것이 있다. 그들은 투명한 것을 알아본다. 그것이 종종 우리의 집임을 알고 있다. 집비둘기는 집의 투명함을 보고 있다. 우리가 거주하는 공간을 투명하게 보고 있다. 어디에서나 어디에서나 집비둘기는 보는 것을 따라 투명해지고 있다. 구구. 확인할 길은 없지만 어쩌면 집비둘기는 중세의 아랍 철학자 이븐 시나가 제안한 새 인간 모델을 알고 있을지도 모른다. 인간 주체의 특성을 규명하기 위한 모델인 새 인간은 집비둘기에게는 단순한 실험 모델이 아닐 수도 있다. 구우. 구우. 어쩌면 지구상에 남은 유인원보다 빨리 집비둘기는 인간의 것을 배워 나갈지 모른다. 대체로 진화는 새에서 빠르게 이뤄지고 있다는 보고를 우리는 갈라파고스에서 받아 본 적이 있다. 집비둘기에겐 투명함 안에 자신들을 옮겨 놓은 인간의 도시가 갈라파고스다. 그럴 리가 없지만 그들은 인간을 연구하며 세대를 넘어 진화하고 있다. 구웃구웃 고개를 끄덕이며 집비둘기가 오고 있다. 우리는 아무것도 하지 않은 채 집비둘기에 포위되고 있다. 이런 일은 잠깐이겠지 하고 생각하며. 귀찮은 듯이 집비둘기를 지나쳐 스크린 도어 앞에 선다.

어떤 명절

절기는 돌아온다. 그런 날의 시작은 늘 오후여서 시장은 북적였다. 앞으로 가야 했다. 나는 시장에 서 있었다. 우리는 앞으로만 간다. 옆은 늘 수가 적었다. 여기에 대해 말하는 것은 언제나 때늦은 것이었다. 다들 비슷한 표정으로 시장을 빠져나가고 있었다. 그리고 상자들과 상자들. 포장이 잘된 상자들의 행렬. 가격을 셈하느라 세계가 조금 늦어지는 일은 모두가 밖을 보지 않기 위해 필요했다. 밖이라니 그건 기적이야. 그러지 마. 우리는 선물을 사 들었고 시장은 이어지고 있었다. 어떤 명절이었다. 명절이라 돌아가고 있었다. 어디로든. 돌아가고, 돌아가는 선에서 우리는 우리의 이야기를 나누었다. 평화롭게. 그게 우리가 갈 길이다. 길은 흔들림이 없고 바르고 그래서 좀 밀리기도 한다. 그게 길의 선물이지. 그래 흔들림이 없는 것은 발 딛고 있는 땅이 아니라 어쩌면 이 선물의 약속. 앞으로 나아가기 위해서 우리는 시장에서 시장으로 가다가 엉킨다. 사람들이. 차들이. 그대로. 여기 있었다는 듯. 꼼짝도 못 할 때도 여기는 시장이다. 아무 일 없이, 가격표는 잘 붙어 있고 포장지들은 윤기를 발한다. 잘. 양보하지 않는다. 시장엔 흥겨운 유행가가 경쾌하게 퍼진다. 그런 일은 자주 있지. 잘 있지? 누구에게나 익숙한 절기라니까. 그렇게 산다. 삶이란 누구에게도 양보할 수 없어서 슬프다. 여기서는 그것을 너무 쉽게 알게 된다. 나는 누가 될 수 없다. 평화롭게 그래. 그리고 시장이 갈라지는 네거리에 엉킨 차들이. 있다. 경적을 울리거나 헤드라이트를 사납게 켜지 않는다. 길을 채우고 있다. 있을 수 있는 일이라서 그렇다. 있을 수 있어서 누구에게도 비켜 줄 수 없는 날들이었다. 그들은 그대로 엉켜 있다. 엉켜 있다. 아무것도 켜지 않는 어떤 명절이었다. 누가 풀어주었으면 좋겠다고. 가끔 기다리는 것들에 대해 말하기도 했지만 우리의 기다림은 항상 흔들렸으므로. 그래 말하지 말자. 오늘은 어떤 명절이고. 돌아가는 길이다. 엉킨 채 시간이 흐른다. 특별히, 특별하게 특별하지 않은 그런, 시간. 그런 시간이 그대로 흐르는 명절이다. 나는 잠시 빠져나와 옆을 걷고 싶었다. 누구나에 섞이면서도 잠시 나여야 한다고. 오래 걸어서 잃어버린 것들을 기억할 수 있는 일이. 일어났으면 좋겠다. 일어나면 좋겠다. 라고. 그게 무슨 대단한 일인 것처럼. 다만 잊어서. 시장 밖을 걸으며 바라보고 싶었다. 그게 커다란 위로라도 된다는 듯. 그러나 옆은 밖이었고 밖은 소수점이 딱 떨어지지 않는 무한. 나가려고 할수록 자꾸 안으로 밀려 들어왔다. 절기가 돌아왔다. 말할 수 없는 것들이 가만히. 모든 위로가 작별 인사라는 듯이 평안히 바닥으로 내려앉고 마는. 어떤 명절이었다. 천천히. 엉킨 차들이 앞으로 가고 있었다. 잘 길들여진 어떤 명절. 햇살만이 밖에서 밖을 비추고 있었다. 돌아보면. 시장은 잘 보이지 않았다.

손톱에 톱니가 생겼다

손톱에 톱니가 생겼다. 아직은 아무것도 벨 수 없지만 뾰족한 톱니이다. 무언가 붙잡다가 깨진 흔적일지도 모르는 톱니. 그 부분만은 내 것이 아닌 다른 짐승의 것 같아 보인다. 그러나 그것은 나의 일부이다. 내가 다른 이의 짐을 옮기다가 생긴 것이다. 그 흔적은 갈라지는 날이라 날카롭지만 알아채기는 어려운데, 오늘은 머리카락을 쓸어 넘기다가 톱니에 머리칼이 상했다. 손톱이 톱날을 세우는 날에는 손톱을 깎기 위해 앉는다. 톱니에서도 손톱은 늘 자라 나와 손톱을 다듬어야만 한다. 딱딱. 손톱은 경쾌하게 잘려 나간다. 딱딱. 그러고 보면 우리는 매일 조금씩 변화하고 있지만 변화를 거부하고 있다. 손톱을 깎는다. 톱니를 깎는다. 어떤 것에도 맞물려 본 적 없는 흔적이 손끝에서 사라진다. 나는 나의 흔적을 거부하고도 일관되게 나로 산다. 변함이 없지만 늘 변하는 것들의 날을 깎고 있다. 내가 옮긴 짐과 그 짐의 일관성인 사물도 그러하다. 사소한 일이지만 그렇게 지나간 날들이 있다. 잘려 나간 톱니에 실려 나간 것은 그런 날들이다. 단순하고 견고한 모양의 사물들은 늘 곁에서 끝나지 않고 있다. 손톱의 가능성이었던 톱니는 깎이고 깎이고도 계속 생겼다. 톱니는 언제나 아무것도 베지 못하는 작은 것이었지만 내가 매일 옮겨 놓는 짐들을 따라 찾아오곤 했다. 손톱에 톱니가 생겼다. 잃어서는 안될 것이 자라서 귀환하고 있었다.

먼지

이사를 가는데 먼지가 따라왔다. 털어내도 따라오는
날들을 미래라고 한다면 대체로 먼지에 가까운 것들이
다. 떠난 자들이 먼지를 남겨 둔 이유는 그 때문일 것이
다. 떠나온 집의 먼지가 남겨진 먼지와 뒤섞여 다음 집
의 먼지가 되는 동안 먼지는 구분을 잃어버린다. 먼지는
동일하다. 동일한 먼지를 털어내며 우리는 짐을 풀고 집
을 채운다. 짐을 푸는 내내 먼지가 따라 쌓인다. 쌓이는
먼지들을 닦는다. 먼지를 닦으면 짐의 흔적이 따라 닦인
다. 닦아낸 곳은 잠깐 깨끗해지지만 곧 먼지가 내려앉는
다. 공기는 닦지 못하고 내려앉은 먼지를 닦아낸다. 집을
풀어 나가며 닦고 짐을 다 풀고 나서도 먼지를 닦아낸
다. 닦아도 닦아도 먼지는 숨어 자리를 잡을 뿐 사라지
지 않는다. 먼지를 닦는 동안 우리는 숨을 쉬며 먼지를
마신다. 먼지를 마시며 집을 치우는 동안 우리도 집도
먼지의 일부가 되어 간다. 우리는 어느새 먼지의 일족이
된다. 지금까지 이어져 온 우리 가족의 모든 이주의 역
사는 먼지의 것이었는지 모르겠다. 우리는 먼지로 숨을
쉰다. 우리는 살아서 먼지가 되었다. 그 사실을 우리는

거부하고 싶다. 우리는 항의하고 싶다. 이 먼지는 누구의 것도 아니라고. 그러나 먼지는 이제 우리의 몸과 집이 된다. 우리는 조금씩 쌓이고 쌓여 가며 뭉치고, 자주 닦인다. 닦여도 우리는 집으로 돌아와 쌓인다. 우리는 움직이고, 다니고, 다니다가 조금씩 흩어진다. 먼지가 보이지 않듯이 우리 가족도 보이지 않게 된다. 우리는 먼지로 숨을 쉬다가 먼지의 숨결이 된다. 우리는 가족의 구분을 잃어버린다. 그로부터 우리는 동일하다. 이제 모든 먼지는 행위가 된다. 우리는 먼지가 완성되지 못하듯이 완성되지 않는다. 대체로 시간이 시작 이후 완성된 적이 없는 것과 같이. 털어내도 따라오는 날들이 그렇듯이 우리는 미래로 간다. 집은 차차 짐이 되고 어느 날 우리는 누군가의 짐 속으로 들어가 이사를 떠날 것이다. 버려지는 것들과 함께 떠나온 자리와 남겨진 자리가 만나는 자리에서 다시 먼지가 될 것이다. 어디든 따라서 떠날 것이다.

케이블

    케이블만 담겨 있는 박스를 열었다. 케이블은 옮겨지는 사이 서로 자연스럽게 엉켜 있다. 어떤 것은 전원을 공급하던 줄이고 어떤 것은 기기와 기기를 이어 주던 것이라 굵기나 색깔이 달랐는데도 구분하기 어려울 정도로 잘 엉켜 있다. 그것들은 단지 이제 서로와 서로를 이어 주는 역할만 한다는 듯한 묶음으로 짐이다. 케이블만으로는 아무 기능을 하지 못하는 것이 케이블인데 케이블은 서로를 연결하고 있다. 그것을 보는 동안엔 누구나 여기에 더할 수 있는 것은 케이블뿐이라고 생각할 것이다. 아니 잘 들여다보니 그것은 하나의 시냅스이다. 그렇다면 짐은 뇌라고 말할 수 있게 될지도 모른다는 생각이다. 누군가의 소중한 생각을 조심히 더듬어 가려는 듯 케이블 사이로 손을 넣는다. 접속되는 순간 나도 어딘가에 이어지는 케이블이다. 이어지다가 이어지다 아무하고도 상관없이 하나의 세계를 이룰 것 같다. 그 세계가 어디인지는 아직 말할 수 없지만 우리는 그것을 하나의 박스에서 발견하게 될 것이다. 박스를 본다. 잠시 무한인 엉킴이 거기 있다. 그래서 단지 케이블이다. 서로 얽혀야

만 그것들은 케이블이면서 케이블을 넘어선다. 나는 이
것들을 옮겨야만 하지만 며칠이라도 짐으로 두고자 한
다. 케이블을 보존하고자 한다. 케이블을 기억하기로 한
다. 우리가 옮겨야 할 어떤 것들은 연결된 것에서 떨어져
나와 있을 때에만 본래의 모습에 도달한다.

빌라

집으로 가는 저녁 길의 빌라, 빌라들은 바짝 어깨를 맞대고 골목에 무표정하게 서 있다 원래 빌라는 별장이나 저택의 뜻이라 했는데 정원도 농장도 없이 골목만을 겨우 거느린 채 이름의 기원을 잃었다 기원이란 보잘것 없는 것인가 보다, 말들의 기원들을 따라가 보면 나는 이미 재개발로 사라진 옛 주소를 찾아가다 만난 똑같은 모양의 아파트 단지를 만났을 때의 느낌을 받는다 이제는 어디에서도 찾을 수 없는 장소를 다만 나만 기억하고 있다는 느낌, 말들도 살다가 살아야 해서 무슨 뜻으로 자기를 불렀는지 잊었는지 모른다 빌라, 불러 보니 무언가 빌어야만 할 것 같아서 고개를 숙이고 묵도를 올리는 순례자처럼 골목을 오른다 이제 갓 퇴근한 사람들은 조용히 불을 켜고 소심하게 커튼을 친다 누군가는 이미 윗집에서 변기를 내리는 소리로 세례 받으며, 고단한 하루를 화장실에 앉아 곱씹고 있을 것이다 그 물소리에 세례 받아 본 자들은 안다 여기서 지내는 우리는 아무 것도 바꿀 수 있는 것이 없다는 것을, 아무리 조용히 해도 들리는 말소리와 발소리 우리는 모두 서로의 소음에 익숙해진 층층의 이웃들, 인사 한번 나누지 않고 이사를 가도 우리는 윗집의 주민이 바뀐 줄 알았으니 빌라, 우리는 천천히 볕 잘 안 드는 반지하방 선인장의 가시처럼 고요히 세운 귀로 각자 인사를 나눌 뿐. 그렇게 하나인 빌라, 서로 하나인 줄 알지도 못하고 쓰는 주소, 빌라. 그것이 우리의 빌라. 골목을 빼곡히 이루는 우리의 빌라. 이미 원래의 의미를 잃고서도, 아무것도 이루어지지 않아도 괜찮은 빌라. 어디선가 내려다보면 하나의 거대한 건축물로 보일 것만 같은 빌라. 누구에게 비는지도 모르고, 뱃속 아기의 주먹이 천천히 손가락으로 갈라져 손으로 태어나듯, 처음의 손처럼 손가락 사이로 빠져나가는 길들을 힘차게 붙잡는, 그렇게 처음 누구나 울었던 것처럼 빌라. 그 울음 속에 지어진 것을 기억하라고 가리키듯이, 빌라는 서 있다. 그것이 우리의 빌라, 기원을 잃어버린 우리의 거주지. 나의 빌라.

가맹점

인사를 보장합니다. 고객님의 의견을 기다리며 여기까지 왔습니다. 매장은 늘 간격을 가지고 있습니다. 간격은 고객의 목소리입니다. 거리를 배회하다가 유령처럼 방문하셔도 괜찮습니다. 이름이 없으셔도 괜찮습니다. 매장은 늘 열려 있습니다. 메뉴는 마련되어 있으니 기다리시며 사소한 것에 대해서까지 비판하십시오. 불평과 불편도 좋습니다. 우리는 다름 아닌 서비스입니다. 우리가 제공하는 음식은 당신의 맛입니다. 물론 이 맛의 주인은 없습니다. 주인이 없어 이 맛은 진짜입니다. 이것이 우리 체인점의 원칙입니다. 맛은 서비스이고 서비스가 바로 맛이지요. 그것이 바로 체인점입니다. 긴밀한 연대죠. 체인점의 바깥은 없습니다. 가끔 분노한다고 하셔도 우리는 그것을 서비스의 혁명으로 받아들일 것입니다. 당신이 제공하는 데이터로 우리는 서비스를 하니까요. 체계는 무너지지 않습니다. 당신도 그걸 원하신다는 것을 잘 압니다. 간판도 당신이 다십시오. 추첨을 통해 사은품을 드립니다. 당신은 맛있습니다. 가맹점들은 그것을 아주 잘 압니다. 매장에 오셔서 직접 맛보십시오. 오늘 새로운 매장이 개업합니다. 폐점한 매장에 대한 서비스는 약관에 명시해 드렸듯이 새로운 서비스로 대체합니다. 인사를 보장합니다. 당신의 맛에는 늘 대체품이나 신메뉴가 있으니 걱정하지 마시기 바랍니다. 서비스를 따르시면 상을 차리듯 삶을 차리고 치울 수 있게 됩니다. 이곳에 서명하시면 당신만의 서비스가 시작됩니다. 가맹하시겠습니까? 물론 당신은 당신이 바라는 서비스를 빠져나갈 수 없습니다. 고객님. 그것이 당신의 수익입니다. 당신은 맛의 오브제니까요. 감사합니다. 고객님. 당신으로 인해 모든 단단한 사물은 서비스의 약관이 되었습니다. 당신의 가맹점이 드리는 더 자세한 혜택은 동봉한 설명서를 참조하시기 바랍니다. 아무도 읽지 않는 설명서를 위해서도 우리는 항상 최선을 다합니다. 간격을 지켜 줄을 서 주세요. 여기서 여기까지 제공하는 모든 서비스에 대한 비용은 후불로 청구됩니다. 후불일 때야 당신은 잠시 이름을 가질 테니까요. 안녕히 가십시오. 이 모든 것이 그저 당신의 체계입니다.

오늘의 기상 예보

스마트폰 화면에 나타난 날씨는 맑음이다.
오늘의 날씨는 어제 예보대로 맑음이다.
아직
맑음이다.
데이터는 맑음이다.

지금 비가 온다.
내린 지 조금 지났다.

잠시 후 모든 데이터가 비가 옴으로 바뀐다.
잠시 후 우리는 맑음을 잊는다.

잠시 후의 간격이 좁아지면 오늘이 된다.

스트리트 북

세계는 업데이트된다.

이제 모든 거리는 지도의 데이터일 뿐이다.

우리는 모빌을 운항하거나 게임을 한다.

우리는 스스로를 게이머라 부른다.

우리는 우리가 원하지 않는 데이터를 골라

자기의 거리에서 삭제한다.

움직이는 물체나 생명체가 있으면

시스템은 그것들과 부딪치지 않는 경로를

개인 단말기로 지시해 준다.

우리는 그렇게 처음부터 서로에게 자취로만 남을 수
있다.

아무도 만나지 않아도 불편할 일 없이 거리를 걷는다.

다만 거리에서 수집할 수 있는 아이템만을 찾는다.

새로운 몬스터가 발매되면

가끔 파티에 참가한 사람들과 만날 때도 있지만

이론상 아무도 만나지 않을 수 있다.

누구나 이제 자기만의 세계를 가질 수 있다.

도시는 거대한 게임의 배경일 뿐이다.

우리는 더 이상 거리를 관찰하지 않는다.
이십 세기의 거리 산책자는 멸종했다.
생각은 사라지고 서비스만 남았다.
세계는 업데이트된다.

공중도시

도시는 허문 자리에 세워진 도시였다
그 도시의 역사가 지닌 문제를 힐난하던 역사가는
그 도시는 늘 공중으로 사라지며
공중에 세워지는 중이었다고 썼다
또다시 중심로 하나를 허문다는 소문이 돌았다
소문은 커다란 공터가 되었다
누구의 취향인지 알 수 없었지만
소문과 함께 사라질 건물들을 사들이는 사람들이 있
었다
그 건물의 건물주들은 새로운 조감도를 시민들에게
배포했다
시민들은 다만 조감도를 나누어 가지고는 순환선 열
차를 탔다
조감도는 늘 도시의 미래였다
그것을 받아들여야 이 도시의 시민이 될 수 있었다
그들은 이것을 일컬어 순환이라고 했다.
그 모든 순환이 지상이라는 것을 잘 알았다
어느 날 공중에서 고대 도시의 유적을 발견했다는

뉴스가 전파를 탔다
그 유적은 우리 도시가 고대부터 공중도시였음을
알려 주는 중요한 지표라는 멘트가 덧붙여졌다
도시를 비난했던 역사가는 갑자기 유명해졌고
자신의 입장을 바꾸었다
우리는 지금도 공중으로 사라지는 중이고
그게 이 도시의 역사를 만들어 왔다고
시 정부는 공터가 된 자리에 세울 건물의 높이를
더 높게 수정했다
건물은 공중의 유적으로 향하는 계단이었다
그사이에 우리는 사라지는 중이었다
그들은 조감도를 버린 자들
그들은 공중을 있는 그대로 보았다
아무것도 떠 있지 않은
모든 것들이 머물다 가는 자리를 있는 그대로 보는
자들
그들은 시가 발굴한 유적이 다만 언어라고 했다
그들에 따르면 공중유적에 도달하는 유일한 길은

언어일 뿐이라고 했다

의회는 그들을 도시 밖으로 추방하기로 결정했다

그들은 이제 시민이 아니었다

추방의 날에 시민이 아닌 자들이 거리를 지나간다

그들은 이 지나감이 우리의 언어라고 말했다

언어가 지나간다

지나가며 그들은 시민들의 얼굴을 하나하나 닦아 주
었다

지나가는 일이 끝나면 추방자들은

그들의 언어인 공중에 도착할 것이다

오래전 그들처럼 추방된 자들이

공중에 먼저 세운 나라들의 이름을 부를 것이다.

상자도시

그 도시에선 부모를 생산자라고 불렀다. 아이들은 태어나자마자 소독된 상자 속에 포장되어 부모에게 전해졌다. 상자에 뚫린 작은 창으로 아이의 얼굴을 확인한 부모는 아이를 들고 미소를 지었다. 거품보다 가벼운 상자였다. 우리 아이와 우리는 거리를 잘 두고 있습니다. 이토록 잘 살아 있습니다. 기쁜 마음으로 상자에 표기할 일련번호를 선택하고 사인했다. 상자에는 일련번호와 생산자 표기 그리고 상자도시의 로고가 인쇄되었다. 아이들은 곧 도시의 생산자들이 살고 있는 마켓으로 배송된다. 여기에 이르면 아이들은 이미 예비생산자가 된다. 마켓은 상자로 가득한 기둥들이 도로에 잇대어 펼쳐져 있다. 상자들이 쌓이면 거기에 도로명 주소가 생기는 방식이다. 과거에 우리가 집으로 불렀던 것들은 이제 조립형 상자로 변화된 것이다. 그래서 사람들은 이 도시를 상자도시라고 부른다. 각자 자신이 선택한 사이즈의 상자에 포장된 사람들의 도시. 상자를 쌓는 모습이 달라질 때마다 도시의 모양이 변하는 도시. 가볍고 빠르고 생산적이며 분해도 쉬운 혁신적인 도시. 누구와도 접촉하지 않고도 안전한 이동이 가능한 도시. 인류가 자신의 안전을 보장하기 위해 자기 자신마저 멸균해 버린 도시. 우리의 문명이 마지막으로 도달한 샌드박스시티. 우리는 이제 자랑스럽게 말한다. 잘 조직된 도시의 부품들은 세계 각지에 도시 모듈로 수출되기도 하죠. 우리 도시는 브랜드를 가졌습니다. 우리 브랜드의 가치는 거품마저 믿어야 합니다. 농담이 아니에요. 이제 모든 도시는 상자에 감염되었다고요. 당신들의 주소는 이미 팬데믹입니다. 우리 모두가 상자도시의 생산자로 도시의 수익을 나누어 갖죠. 보세요. 이제 우리가 그토록 고민하던 인류의 인구 창출도 직접적인 수익으로 만들 수 있습니다. 끝없이 연결되고 성장하는 도시. 초고속 나노 튜브로 이동하는 상자들의 행렬. 우리는 그 흐름 속에 놓여 있어요. 우리는 살아 있습니다. 거리를 잘 두고 운반되며 잘 쌓이죠. 그렇다. 나도 이렇게 운반되어 온 것이다. 살아 있다는 말이 매일 상자의 스피커를 통해 들려온다. 다만 나는 한 번도 누가 살아 있는지를 내 살로 느껴 본 적이 없다. 상자도시에서 누군가의 숨소리를 직접 듣고 누군가의 체온을 손끝으로 느끼는 일은 상자마저 팔고 도시 추방자가 되거나 상자에서 폐기된 상품으로 꺼내질 때뿐일 것이다. 이 도시를 기획한 사람들은 인류가 거대한 실패를 통해 새로운 세계를 열었다고 했다. 그 거대한 실패가 무엇일까 나는 궁금했다. 이제는 아무도 실패하길 바라지 않는데. 잊힌 그 실패가 무엇인지 기록을 찾아도 알 수 없었다. 너무나 거대했으므로. 나는 정말 살아 있는지 궁금할 때 내가 포장된 상자를 두드려 보았다. 리듬을 갖춰. 그때 상자는 잠시 나의 북이 되어 주었다. 어느 날 그 리듬에 맞춰 누군가 리듬으로 답을 주었다. 깊이는 거리에서 생긴다는 듯. 상자 전체를 흔드는 저음의 리듬. 심박의 리듬처럼 낮고 익숙했다. 우리는 살아 있습니다. 상자가 작다면 상자를 바꾸세요. 살아 있음도 한 편의 광고일 뿐이었다. 저편에서 들려온 신호도 너무나 익숙해 종종 잊는 이 도시의 배경음악 리듬이었다. 우리가 아는 리듬이 그것뿐이라면. 거대한 실패도 분명 상자 속에 담아 어딘가로 배달했을 것이다. 그 도시에선 모든 것이 상자에 잘 포장되어 있었다.

마트*

세계를 번역하면서 마트는 시작했어요. 여기에 실존하는 수많은 신의 얼굴은 우리의 이름으로 통합될 수 있어요. 그래요. 그것은 당신의 심장의 무게를 다는 표정입니다. 가격이라고 편리하게 부를 수도 있겠네요. 피라미드 형태가 세계의 상징이 된 것은 그 때문이기도 하지요. 계층의 어디에 속하든 간에 당신은 마트 안에서는 소중한 존재입니다. 신의 친절한 표정을 보세요. 당신이 죽음의 법정 앞에 설 때까지는 늘 반갑게 인사할 거예요. 그것이 이 세계를 주관하는 법의 표정이라고도 할 수 있죠. 그렇다고 이곳에 오는 일이 딱딱한 법무를 보는 것이라 생각하면 곤란합니다. 즐기세요 이 일과를, 세계에 입장하는 사소한 일상의 사건들을. 물론 이 세계에 입장하시려면, 수납 먼저 하세요. 당신은 회원이니까요. 이곳이 야전병원의 모습을 하고 있다고 놀라지 마세요. 여긴 기막힌 쇼핑몰입니다. 아주 거대한 창고의 모습이죠. 층층이 놓인 것은 모두 당신의 상품입니다. 그것들이 진열된 모습이 차곡차곡 쌓아 놓은 병상으로 보이는 것은 당신의 과장이에요. 마트. 모든 것은 사실 질병이죠. 우리는 질병마저 사고팔 수 있거든요. 거래가 질병의 일종이라는 것을 폭로하는 것은 이제 진부합니다. 마트. 그래요. 구입하고 싶으십니까. 지르세요. 바로 그것에서 모든 덧없음이 시작되지만, 이 투명한 덧없음이 말하는 건 간단하답니다. 수납부터 하시죠. 아프지 않아요. 입장은 값싸게 바꿀 수 있지요. 당신이나 나나 이 마트의 입장입니다. 입장의 바깥이 있다고 생각하지 마세요. 우리는 모두 연결되어 있고, 이 연결에서 끊어질 수 없어요. 마트의 번역은 모든 연결이며 단일한 얼굴이죠. 이 지상에서 최고의 부자도 마트의 법 앞에서는 모두 평등합니다. 마트의 주인은 마트니까요. 그/그녀는 사자의 서를 들고 저울의 무게를 재듯이 우리가 지불할 수 있는 잔고에만 관심이 있을 뿐입니다. 이 세계의 마지막까지. 우리는 다만 투명한 천장을 꿰뚫고 도달하는 저 빛의 은총 속에서 쇼핑할 뿐입니다. 마트. 우리는 그렇게 우리의 회원입니다. 수납을 마치셨으면 회원님 이쪽으로 오시죠. 저기 거대한 카트를 끌어 보세요. 당신을 거기에 수납할 수도 있는 카트입니다. 즐기세요. 마트를. 그와 그녀의 모든 얼굴을 한 신의 이름을 부르세요. 마트의 이름에 대한 기원 같은 건 전혀 중요하지 않습니다. 이집트 신화에 나오는 신의 이름에 대한 오해라고 주장하시는 것도 포함해서. 그것이 마트의 약관입니다. 이 지상의 끝까지 마트의 법이 통치합니다. 당신의 입장을 축하합니다.

* 고대 이집트의 진리와 정의의 여신, 마아트라고 부르기도 하고 마트라고 부르기도 한다.

반집

집을 둔다
둘이 집의 곁에 집을 둔다
서로의 경계를 허물어 가며
자기의 경계를 비워 가며
집을 두고 허물고 둔다
집은 가만히 있기도 하고 싸우기도 한다
다만 도시는 되지 않는다
그냥 두고만 있지는 않다
미세하게 집은 비워지며 변한다
집을 두는 일이 좋은 수가 되고
집들이 되고
어느덧 집으로 가지런히 읽힌다
돌을 두는 손끝이
손을 떠난 돌들이
서로의 곁에서 멈추면
집이 비듯 손이 빈다
그리고 둘은 집을 세기 시작한다
이때 사람이 집을 부르는 말 중

가장 아름다운 말이 승패를 가르기도 한다
인간의 도시에는 세울 수 없는 집
반집이 그것이다.

4부
텍스트

무력의 텍스트

어느 날 책갈피에 숨겨진 텍스트를 찾았지. 종이의 먼지에 입을 맞춘 누구에게도 도착하지 못한 입술의 텍스트. 아무 말도 적혀 있지 않은 단 하나의 입술. 숨은 시작이었지. 내가 입을 맞춘 건

시작이 건너와 숨겨진 춤을 입술에 풀어내는
아주 가는
가늘어 무력한 입맞춤의 소리.

그 소리 속에서 보았지. 사슬에 묶인 자들. 한 사람이며 여러 사람인. 어둠에 놓여 똑같은 피부가 된 사람들. 감시자의 눈을 피해 가끔 그들은 몸을 돌려 서로의 입을 맞추었지. 들키면 안 돼. 이건 우리의 이야기야. 우리의 시간이야. 입을 굳게 다문 채 입과 입으로 옮기던 이야기는 바닥에 가까워졌지. 바닥과 바닥에서 몸을 움직이는 소리와 입맞춤의 소리가 서로 가까워질수록 텍스트는 조용히 출렁이며 옮겨졌지. 누구의 이야기인지 몰라서 우리인 텍스트. 입으로 나누는 텍스트. 갑자기 누

군가가 입 맞추는 사람을 보고 일으켜 세웠지. 그들은
강제로 입을 벌리고 텍스트를 찾았지만 아무것도 찾지
못했어. 감시자들이 끌고 간 사람은 돌아오지 못했어. 입
을 찢어 죽였다고 감시자들이 말하곤 했지만 그들은 계
속 입을 맞추었지. 떠나간 이를 기억하는 울먹임이 입술
에 주름을 깊게 했고 사슬은 바닥에 끌려 쇳소리를 냈
지만 텍스트는 이어졌어. 들키면 안 돼. 그들의 텍스트는
그렇게 이어져 왔지. 자신들을 묶은 사슬이 늘 여기에
있었음을 기록하는 빈 텍스트의 입술. 입술로 이어 온
사슬의 춤. 춤이 빚어낸 사람과 사람. 사람의 텍스트. 너
구나. 바닥에서 바닥으로 바닥의 소리로 여기까지 왔구
나. 어디에도 가두어지지 않고 여기까지. 너라서

　여기 와서 다시 시작이구나.
　시작이 입술이라니.
　나의 입술이 바닥에 가까워진다.

　누가 여기에 이 텍스트를 두고 갔는지

도서관의 그 누구도 알지 못하겠지만

아무도 알지 못했기에 여기 다시 텍스트로 남겨질 것이다.

나는 나의 입술을 포개어 텍스트에 숨겨 두었다.

아무것도 바꾸지 못하고 다만 도착하는 춤일 뿐이라도

텍스트는 숨겨진 채 이어져 가고 있다.

그날의 텍스트

기록은 처음부터 누락되어 있었다. 다만 그 누락을 통칭하는 이름만이 있었으나 그 이름은 전해지지 않는다. 사관들만이 그 이름을 알았을 것이다. 그들은 사초를 썼고 그중 누군가 그날의 시간에 사초를 들고 물가에 발을 담갔다. 종이를 씻는 사람들이 거기 있었다. 그들이 기록한 매일매일의 텍스트가 물결에 씻겨 나간다. 오직 기록자만 단 한 번 읽은 기록을 씻는다. 다 씻은 종이를 널어 말리는 자의 섬세한 손. 역사가 되지 못한 날들을 쓰고 씻어낸 그가 사관이다. 사건의 결정권자가 아닌 그들은 따로 이름이 없다. 그들은 끝에 있었다. 끝은 늘 지워진다. 그들은 그들이 씻은 텍스트를 따라 천천히 지워졌다. 종이가 텍스트보다 더 귀한 날들의 일이다. 물결이 지나간 텍스트가 마른다. 잘 마른 그날의 텍스트. 깨끗이 지워진 종이는 지워진 텍스트의 빛깔을 지닌다. 텍스트의 빛. 그 빛을 남기기 위해 물가에 선 자들이 있었다. 그리고 역사가 지운 것이 사건임을 아무도 모르는 시간이 물을 따라 흐른다. 누군가는 그날의 텍스트 위에 묵빛으로 사건의 기록을 남겼다. 오랜 후에 사건만이 읽힌다. 종이 색이 된 텍스트의 사건은 누락된다. 다만 그날의 텍스트는 아직도 종이의 빛이다. 그날의 빛이다. 텍스트의 빛이다.

수의 텍스트

물이 쏟아진다
바닥으로 파고드는 수직의 빛줄기
물이
쏟아져야 보이는
물의 높이
물빛의 나신이 만드는 삼각비
흙이 젖는다
젖어서 뭉쳐지는 물과 흙의 비
수의 이름을 부르는 자들의 눈이 그 비를 본다
수학자들. 사물의 추상을 풀어내는 자들
모든 물질의 목 안으로 파고들어
그 안에서 흘러나간 추상의 물줄기를
차근차근 더듬던 자들
그들의 옆에서
그 빛의 핏줄이 남긴 흔적을 뭉치고 펼치는
말 없는, 여자들의 손들
그렇게 점토판을
오래오래 빚은 여자들이 있었다

수학자들이 점토판이 마르기 전에 그들의 눈으로
뽑아낸 수들을 여자들이 빚어 넣는다
점토판과 점토판 글자들
수의 이름들

물이 흐른다
흐른 물이 잊힌다

수의 이름들과 수학자들의 이름은 모두 사라지고
수를 이루는 점토판만이 남았다
오랜 세월이 흘렀지만
점토판이 몸인 나신의 여신들만이 남았다

수는 그녀들과 분리되지 않았다.

레시피

우리는 말을 멈췄다. 할머니가 레시피에 대해 말씀하실 시간이었으므로 식탁에 둘러앉은 가족들은 할머니의 얼굴을 바라보고 있었다. 할머니는 식사 전에 꼭 레시피에 대해 말씀하시곤 했다. 그 레시피는 집안 대대로 이어져 온 비밀의 레시피였다. 레시피를 말씀하실 때 할머니는 한 손에 가죽 장정의 책을 들고 있었다. 매일 듣는 비밀이라 말할 수 없었지만 놀랍게도 우리 중 누구도 그녀의 레시피를 듣고 이해하는 사람이 없었다. 그녀의 레시피는 그녀의 손에 들린 책을 잠시 펼쳐 더듬더듬 읽을 때에만 언뜻 보였다. 우리가 자라면서 보아 온 그 두꺼운 책에는 사실 할머니만이 알아볼 수 있는 오래된 낙서들이 페이지의 여백마다 빼곡했고 지금은 가족 중 누구도 읽을 수 없는 글자들이 인쇄되어 있었다. 할머니의 치매도 그 책의 레시피를 완전히 지우지는 못했다. 할머니는 그 레시피의 이름을 엄마의 레시피라고 했다. 냄비의 죽이 끓고 있었다. 어머니가 죽을 젓는다. 너희 엄마도 아직 이 비밀을 이어받지는 못했어. 할머니는 죽이 끓는 쪽을 보며 혼자 중얼거린다. 우리는 아무도 모르는 그 레시피에 대해 생각한다. 사실 할머니는 기억을 잃기 전부터 그 레시피를 잊고 있는 것은 아니었을까, 하는 의문. 죽이 끓고 우리는 말이 없다. 우리 앞에 놓인 가지런한 식기들처럼 조용한 식구들. 죽이 다 끓고 우리는 모두 일어나 죽을 덜어 상을 차린다. 우리는 할머니의 그릇에 한 국자씩 죽을 떠 담는다. 조용히 이어지는 경건한 의식. 죽이 적당히 담기면 어머니가 식탁으로 내온다. 가족은 죽 그릇 앞에 더없이 순한 얼굴로 앉아 있다. 어머니는 그녀의 어머니가 기다리고 있는 식탁 앞으로 다가온다. 할머니가 죽 그릇에서 한 수저를 떠 입으로 가져간다. 조용히 음미하던 입으로 할머니는 엄마를 부른다. 그녀가 부른 엄마의 이름은 레시피의 주인이다. 한 입, 한 입 천천히 죽을 먹으며 그녀는 자신을 잃어 가는 와중에도 우리에게 건네줄 이름을 말한다. 에미야 네가 우리 엄마의 맛을 내는구나. 할머니는 잠시 숟가락을 내려놓으며 흐뭇하게 미소 짓는다. 이제는 너도 엄마의 이야기를 할 때를 마주하겠구나. 어머니는 할머니의 알 수 없는 얘기에도 미소로 응답한다. 그녀는 평생 지니고 다니던 책을 어머니에게 건넨다. 가족들은 모두 할머니를 바라보았다. 우리가 먹고 있는 죽은 그냥 죽인데 할머니는 이것이 바로 비밀의 레시피라고 말씀하셨기에 조금씩 놀라 있었다. 아무도 기억하지 못하지만 엄마로 돌아오는 이름이 있다고 기억을 잃어 가는 할머니가 행복한 얼굴로 말씀하신다. 그리고 다시 엄마를 부르신다. 누구의 여자도 아닌 다만 여자의 이름 그 이름이 엄마라고. 어머니는 할머니의 입가에 묻은 죽을 닦아 주신다. 여자의 여자인 엄마의 입을 닦아 주는 어머니의 손. 그 순간 엄마가 나누어진다. 누구도 모르게. 우리는 엄마의 비밀이 할머니가 오래도록 우리에게 말씀하신 레시피의 비밀임을 알았지만 말할 수 있는 것은 아무것도 없었다. 우리도 다만 엄마를 따라 부르며 죽을 먹었다. 식사를 다 마친 할머니는 가죽 장정의 책을 어머니에게 주셨다. 어머니가 책을 받으며 마지막 페이지를 펼쳐 보셨다. 마지막 페이지까지 인쇄된 글자와 누구의 글씨인지도 알 수 없는 낙서가 빼곡했다. 어머니 저는 이 글자들을 몰라요. 제가 이 책을 어떻게 읽죠. 라고 물으시자 할머니는 에미야 너는 아무것도 읽을 필요가 없어. 혹시 빈 여백이 있으면 거기에 너만의 문장을 남기렴. 다만 낙서라도 좋아. 그게 우리의 비밀 레시피를 완성해 나갈 테니 걱정 말거라. 할머니는 식탁을 떠나 방으로 돌아가시고 식탁에는 그릇만 남아 있다. 거기에는 어떤 비밀도 간직하지 않았지만 우리의 숟가락질이 남긴 흔적들이 똑같은 모양의 텍스트로 남아 있었다. 각자의 방으로 돌아간 우리는 식기처럼 말이 없었다. 귓가에는 아직 할머니가 부르던 엄마의 이름이 속삭이며 우리를 부르고 있었다.

신의 텍스트

그의 이름에 대한 기억은 늘 엇갈렸다. 시온이라고 부르는 이가 있었고 때로는 제논*이나 재곤**이라고 부르는 자도 있었으나 대체로 그의 이름을 정확히 기억하는 자는 없었다. 다만 그를 기억하는 이들은 모두 그가 신을 삼는 자이며 그의 인상을 늘 거북이에 비유했다는 점만 같았다. 그는 거북이와 같이 등짐을 진 채로 이 마을 저 마을 기어 다녔는데 그의 모습을 보고 가엽게 여긴 상인들이 수레에 태워 주기도 했다. 그래서 그는 수레가 가는 마을에 따라와 신을 팔았다. 그가 삼은 신들은 귀한 것은 아니어서 마을에서 가장 가난한 아녀자들이나 어린아이들에게 인기였다. 신에는 어느 나라의 글자인지 알 수 없는 문양이 새겨져 있었는데 누가 물으면 그는 그것이 결코 문자가 아니라고 했다. 그는 글을 모른다고 하였다. 그 문양은 다만 이 땅에 살기를 허락받은 모든 이들을 위한 문양이라고 했다. 그렇다면 그것은 신의 문양이군 하고 사람들은 생각하곤 했다. 어느 날 그가 신을 팔기 위해 찾은 도시에 거대한 군대가 공격해 왔다. 위협적인 문양의 깃발들이 도시를 점령했다. 점령자들은 자신들의 승리에 도취해 힘차게 도시 안으로 진군해 왔다. 그들은 전쟁하는 자들이라 늘 군인으로 데려갈 사람들을 강제로 뽑아 가기로 유명한 제국의 군대였다. 도시의 광장에서 그들을 대표로 하는 자가 나와 제국의 무용담을 노래하고 찬양했다. 이 위대하고 장대한 싸움에 동참하는 일은 영광스러운 일이라 목소리를 높이는 그자는 자신을 언어의 연금술사인 시인이라고 말했다. 시민들은 그의 노래에 귀를 기울였지만 아무도 나서지 않았다. 군대는 그런 시민들에서 군인으로 쓸 자들을 징병해 가며 그 시인의 시를 읊었다. 시민들은 그 시를 모두 외우게 되었지만 아무도 그것을 시라 생각하지 않았다. 그 시절에도 그 사내는 제국에 점령된 여러 도시를 떠돌며 신을 만들어 팔았다. 그에 대한 기록이 풍부해지는 시기가 이때부터이다. 그 기록은 이 신발장이야말로 그 시기 최고의 시인이라고 기록하고 있다. 그렇게 기술한 이유는 정확하지 않다. 다만 그가 판 신을 신은 이들이 제국과의 마지막 전투를 위해 한 도시에 모였을 때 그들 자신이 발이 이루는 거대한 텍스트를 보았다고 기록하고 있을 뿐이다. 한때 그의 신을 사 신었던 아이들이었고 아낙이었던 사람들인 그들. 그들은 아무것도 말하고 있지 않은 그 문양 속에서 자신들의 노래를 찾아냈다. 그날의 전투는 제국의 승리로 끝났지만 그 승리는 동시에 그들의 패배의 시작이었다. 더 많은 이들이 재곤의 신을 찾았고 그의 신을 산 이들은 그 신을 신기 전에 신의 문양에 입을 맞추고 눈물을 글썽이곤 했다. 그들은 늘 모두가 되었고 모두인 채로 노래하는 시인이었다. 노래가 번져 갈수록 저항하는 자들은 승리하기 시작했고 역사는 이 불가사의한 승리를 신의 기적이라 기록하고 있다. 놀랍게도 재곤은 그즈음 사라진다. 마지막으로 그를 봤다는 이에 따르면 그를 만난 이들이 그를 시인이라 높일 때 그는 끝까지 시인이 아니라고 거부했다 한다. 그는 그저 신발 장인일 뿐이라고 했다. 문양의 비밀에 대해서도 말해 주지 않았다. 누구나 이 땅에 살기를 허락받은 자들이며 그런 이들에게 바친 무늬일 뿐이라고 말하면서 말이다. 그는 사라졌지만 이후 그와 닮은 이들을 사람들은 시온이나 제논, 또는 재곤이라 불렀다고 한다. 지역마다 달리 전하는 그의 이름

은 어디에도 없는 성지와 같은 것이 되었지만 오래오래
신을 신고 땅 위에 서기를 허락받은 자들의 기억에 거주
하는 거대한 기억이 되었다.

* 제논의 역설을 만든 인물

** 서정주의 시 「신선 재곤이」에 등장하는 인물

해부의 텍스트

오늘은 내세를 믿지 않는다.

오늘은 해부를 배운다.

해부자들은

현재를 사는 사람들을 위해 죽은 자를 해부한다.

날카로운 메스가 살을 절개한다.

처음으로 살의 내면이 조명등 아래 열린다.

살은 말하지 않는다.

그들은 과거의 사인을 조용히 서로 주고받는다.

사인이 상당히 빨리 진행되었군요.

그들의 진단은 능숙하다.

그들의 눈은 길을 잃지 않고

살이 감싸고 있는 장기들 사이를 오간다.

여기. 바로 여기가 치명적이었던 거군요.

그가 부랑자였다는 것은 해부에 고려되지 않는다.

길을 잃은 생은 이미 오늘이 아니므로. 사인에서 빠
진다.

몇몇의 수련의들은 이 진단 과정이 서툴다.

이를 지켜보던 그들은 조용히 커튼 뒤로 가

죽은 자의 살이 자신들에게 걸어 온 말들을 뱉는다.

뱉어지지 않는 말만을 구토할 수 있다.

이것이 모두 과거이므로

과거의 사인이므로 구토한다.

구토가 그들의 오늘을 구한다.

해부가 끝나면 차가운 해부대 위의 살이 꿰매진다.

살아 있는 고독이 거기에 놓인 채 봉인된다.

불타는 화로 속으로 사라지는 해부의 텍스트.

자신을 다 내어 주고도

살은 해부되지 않은 채 오늘을 마친다.

부록의 텍스트

부록을 먼저 쓴 책이 있다고 한다
본지에는 이 부록을 먼저 썼다는 기록과
부록에 대한 길고 지루한 기록만이 남아 있다
부록에 대한 정확한 기록은 전해지고 있지 않다
다만 그것은 고대 도서관의 대화재 사건에서도
소실되지 않은 채
어딘가에 보관되고 있다는 소문만
오랜 세월이 지난 지금까지 남겨져 있다
현존하는 고대 도서관의 유일한 유물인 도서 목록에
서
책 이름마저 누락되어 있는 이 책을
찾기 위해 세계를 유랑하는 사람이 있다는
이야기를 들었다
그들은 이 책을 코드명으로 불렀는데
그 코드명은 본질이었다

그들은 우리의 본질이 부록에 있다고 믿었다.

필사자

    그는 이름들을 옮겨 적고 있었다. 이름이 어디서 시작되었는지 중요하지 않았다. 이름의 기록만이 오래전부터 끝없이 이어지고 있었다. 대대로 이름은 태어나고 이름을 낳으며 삶의 고난을 피하지 못했다. 이름은 이름을 남겼고 남겨진 이름은 누군가의 이름이 되었다. 우리는 그런 점에서 누군가의 이름을 살아서 옮겨 적는 자들이며 이름의 자손이라 할 수 있었다. 그도 마찬가지였다. 그러나 이름을 옮기는 일은 종종 실수를 기록하는 일이기도 하여서 이름의 철자를 잘못 기록하거나 다른 이름을 적기도 했다. 종종 어떤 이름은 읽어낼 수 없을 정도로 훼손된 기록이기도 하여서 자신이 아는 가장 가까운 이름으로 기록하기도 한다. 이름의 필사자들 중에는 너무 오랫동안 이름을 필사한 나머지 인류의 이름을 사물의 이름으로 바꾸어 쓴 자도 있는데 이름의 후손은 그 실수를 고쳐 쓰지 않았다. 새로운 이름이 태어난 것이었으므로. 실수는 변화의 시작일지 모르며 이름이 이름을 낳는 최초의 날은 기록자들이 그러했던 것처럼 실수였는지 모른다. 이름의 가계에서 잠시 이름을 해방시

킨 순간은 그렇게 지나가고 우리는 다만 새로운 이름을 불렀다. 그것이 기록의 신비였다. 누군가는 그래서 이름만을 기록하기로 한 텍스트 가장자리에 이름의 구원자가 올 자리가 열릴 것이다, 라고 작은 주석을 달아 두기도 했다. 다행히 모두가 이름을 옮겨 적는 데 골몰하느라 그가 남긴 주석을 지나쳤다. 중요한 기억은 늘 가장자리에 있었지만 아무도 중요하게 생각하지 않았다. 가장자리는 이름과 이름 사이로 사라져 갔다. 이름의 구원자도 이름으로 처음 온 것처럼 그 이름으로 불릴 것이고 불리는 자로 살 것이며 그 이름을 모두에게 나누어 줄 것이다. 사물마저도 그 이름으로 수식하게 허락할 것이다. 우리가 기뻐해야 할 일이 있다면 그 이름이다. 이름의 열림. 언젠가의 사건. 오고 있으나 과거인 이름. 때가 되면 이름을 옮기는 자들은 그런 환상을 본다. 그는 이름을 옮겨 적고 있다. 흐려지는 시력에 의지한 채, 종종 옮겨야 할 이름을 누락하면서 종종 한 시대와 다른 시대의 이름을 한 행에 모아 두면서 이 모든 우연이 이름의 우연일 때를 위하여. 이름의 시간을 지탱하면서 흩어내는 순결함으로. 두려움 없이 기록을 하고 누락과 복원의 기록을 이어 가다가 스스로를 잊는다. 그는 놀랍게도 모든 이름의 실수를 기록한다. 이 기쁜 소식인 이름의 텍스트가 그의 손 앞에 도착한다. 기쁘게 이름을 낳고 이름을 옮기고 이름을 구속하고 이름을 해방하며 이름의 시간이 이름을 산산이 무너뜨리고 모든 것을 이루어낼 때, 그때를 기다리는 자들은 무너진 자리에서 이름이 누구를 쓰고 있는지 비로소 볼 수 있을지도 모른다. 흩어진 모든 것이 다 이루어지리다. 그는 다만 그 앞에 손을 모을 것이다. 그 손을 모으면 그 손 안에 있는 작은 숨결. 그 숨결을 잠시 만지고는 필사자는 그 자리에 따라온 시간의 이미지들을 놓아준다. 완성되지 않은 이름의 책이 또 하나 묶인다. 그리고 늘 그랬듯 잊힌 서가에 꽂힌다. 똑같은 장정의 책이 거기에 이어지고 있다. 그러나 이름의 실수와 해방까지 기록한 그 책에 모든 이름이 기록된 것은 아니다. 이름의 필사자들은 모두 이름이 없으므로.

번역가

당신의 문장은 여기에선 표현할 수 없는 문장이군요.

그 문장은 그가 내 작품의 번역가가 되고 싶다고 보낸 편지의 첫 문장이었다. 내 옛 주소로 보낸 그의 편지는 오랜 이웃이던 옆집 사람이 내게 다시 부쳐 주지 않았다면 받아 보지 못했을 편지였다.

K씨. 저는 K라고 합니다. 우리는 우리가 사는 이 시대에 대해 좀 망설일 필요가 있다는 점에서, 당신의 문장은 번역할 필요가 있다고 생각합니다. 뭐랄까. 지금 내가 당신에게 드리는 편지와 같은 것이죠. 지금 시대에 편지라니, 라고 당신은 생각했을 것입니다. 모든 좋은 번역은 착오적 시대여야 하므로 저는 앞으로 당신과 편지란 번역을 주고받고자 합니다. 야생적이고 서툰 저의 작문 때문에 제가 전하고자 하는 말이 잘 도착될지 모르겠지만 이 편지를 읽게 되면 저에게 꼭 답장을 주십시오. 이 편지야말로 작품 번역의 시작이므로 우리는 이 불편함을 감내해야 합니다.

나는 그의 주소를 유심히 살펴보았다. 단지 밸리라고 쓰여 있어 어느 나라인지는 알 수 없었지만 골짜기인 것은 분명했다. 그가 나의 작품을 어떻게 접했고 나의 옛 주소를 어떻게 알았는지는 전혀 알 수 없었지만 주소라고는 믿기지 않는 그의 계곡으로 이 편지를 받은 일과 번역에 관해 답장을 써 보냈다.

　답장은 내가 그의 편지에 대해 까맣게 잊은 몇 년 뒤에야 왔다. 나는 늘 이사 중이었고 그날도 전 주소로 보내진 편지를 집배원이 챙겨서 현재의 주소로 보내 주어서 받을 수 있었다.

　당신에겐 이웃이 있군요. 이웃이야말로 멋진 번역입니다. 우리는 서로 마주 보는 산들을 사이에 둔 좋은 골짜기를 가졌군요. 이런 긴장감이야말로 시적인 것이지요. 당신 나라의 어떤 시인이 그의 시의 비밀은 번역*이라고 했다던데 그야말로 놀라운 골짜기라고 할 수 있습니다. 이제 우리는 이 좁은 협곡을 건널 수 있을 것입니다. 물이 어딘가로 건너가기 위해 태어나듯이.

　도무지 의미를 알 수 없는 편지였지만
　그의 답장에는 번역을 어떻게 하고 있는지에 대해서
는 아무것도 쓰여 있지 않았다.

　몇 년 후 완성된 번역본을 가지고 당신에게 출발한다
는 내용의 편지가 왔을 때, 나는 편지를 읽고 놀라지 않
을 수 없었다. 그가 입국한다고 알려 준 날짜는 오늘이
었고 나는 허둥지둥 공항으로 갔다. 공항에 갔지만 나
는 그를 만날 수 없었다. 그의 비행기는 예정 시간보다
일찍 도착했고 그는 공항을 빠져나간 뒤였다. 실패한 마
중이었다. 집으로 돌아왔을 때, 우편함에는 그가 직접
두고 간 우편물이 있었다. 우편물 안에는 한 권의 책과
동봉된 편지가 있었다.

　당신의 나라에 올 수 있어서 즐거웠습니다. 우리의 만
남이 이와 같이 엇갈리는 일이라면 내가 당신에게 드리

는 이 한 권의 책은 분명 좋은 번역이 될 수 있을 것입니다. 놀라운 건 누구도 자신의 번역이 될 수 없다는 것이에요. 꼭 누군가가 필요해요. 우리의 나란히. 펼쳐진 아름다운 계곡이. 그것이 설령 무한히 다른 언어라 할지라도. 그것이 마주할 때 텍스트가 된다는 것에는 변함이 없지요. 번역이란 참 놀라운 텍스트랍니다.

그가 두고 간 책을 펼쳤다.

나는 한 문장도 읽을 수가 없었다. 내가 쓴 문장을 벗어난 문장들이 페이지를 채우고 있었다. 물론 그 문장들은 분명 언어였다. 언어라서 문장인 문장들은 거기 놓인 채 페이지를 흘러가듯 이어지고 있었다. 페이지와 페이지 사이 그가 내게 말하고자 했던 바로 그 계곡이 펼쳐져 있었다. 그 계곡 사이의 텍스트를 읽으면서 나는, 아마 그도 그럴 것이겠지만 서로 다른 언어로 부드럽게 웃었다.

아무도 모르게 그는 계곡의 나라로 돌아갔을 것이다. 돌아가 다시 그는 한편의 산과 다른 한편의 산 사이를 흐르는 계곡같이, 물이 태어나는 어딘가에서 깊어지는 말들을 매만지고 있을지도 모르겠다.

언어의 물가를 적시는 속삭임 속에서 또 다른 엇갈린 만남을 기다리며.

* 김수영 시인의 표현을 빌려 왔다.

물고기 텍스트

물고기들의 정거장이 있다
누구도 정거장이라 생각하지 않는
여름의 빛이 도착하는 파도
물결 위에 잠깐 정거장이 선다
수면을 흔드는 물고기들의 은빛 비늘
그 빛으로 잠시 열린 정거장을 이루는 고기 떼
정거장 자신인 물고기들
다른 언어로는 읽어낼 수 없는 물고기 정거장에서
물고기들은 완성되지 못할 기호를 그린다
기호 속을 헤엄친다
쓰고 지우고 비추고 멈추는 순간순간의 텍스트
거기가 세계의 끝이라는 걸 알까
세계는 그때 얇은 피부이며 물이겠지
잠시지만 세계가 자신을 드러내는 물의 대기
모든 기호는 그렇게 묶여 있는 정거장일지도 모른다
물고기들이 바쁘게 그 순간의 정거장을 열고 닫는다
어떤 언어도 수확하지 않는 것이 세계라니
누구도 먹이지 못하고 잠시 멈추었다 떠나는

떠나기에 풍성한 살의 신호들
거기에서 모든 언어는 헤엄쳐 이별한다
가끔 그쪽으로 손을 흔드는 소녀들이 있다
건너가지 못하는 수평 쪽으로는
손을 흔들어 주어야 이별할 수 있다는 걸
그 소녀들만이 알고 있는 걸까
바닷가 어느 언덕 아래를 지나가는
버스의 창문은 그래서인지 빛에 조금 젖어 눈부시다
소녀들은 물고기의 눈처럼 물을 본다
파도는 정거장을 세운 빛으로 정거장을 허문다
물거품을 맞으며 다시 수심으로 돌아가는
은빛의 지느러미들
정거장에는 서지 않는 버스의 차창이 빛나고 있다
손을 흔든 소녀들의 노트에
두 마리의 물고기가 남겨진다.

스물은 욥
—욥의 텍스트

스물은 욥. 자꾸 이름만을 적는 텍스트를
오래도록 적다 보니
이름이 직업이 되어 버렸어. 욥.
이제 그렇게 부르기로 해.
스물의 스물을 다하도록 이름이기만 하여서
그것 외에는 누구라고 할 것도 없어서
나는 오래전부터 젊었네요.
나라는 외계여. 젊음이라는 외계여.
처음부터 호명되기만 하는
나는 될 수 없던 나의 밖인 이름이여.
이름을 불러 주어 갑자기 취업이 되고
이어지고 이어진 긴 아르바이트의 날들.
스물이 스물의 지파가 되도록 이름은 천천히
사람들의 입 속에서 지워지고
너. 너. 거기라는 너라고 불렸지.
나의 너라는 영원한 지시어인 욥.
나의 임금은 매일의 시간을 살지.
일분일초까지 임금이 되면 알게 되지.

시간이 나를 어떻게 다루는지
시간이 나를 어떻게 모욕하는지. 욥.
직업의 이름이여. 고통받는 대명사여.
신이 인간으로 하여금 시간을 만들도록 허락하였다면
그건 우리의 모든 끝까지 시험임을 암시하는 거야.
리바이어던은 바다의 괴물이 아니라
바다와 같이 우리를 포위한 시간의 모습일 거야.
신이 이기지 못할 거라고 한 그 괴물들의 위엄에
우리는 늘 패배해 왔지
욥. 욥은 무엇을 할 수 있을까.
다만 욥의 이름이 여럿이었다고 말하겠어.
스물의 스물의 대를 넘어서. 욥이여.
나를 사고파는 시간의 밖을 보고 싶어.
밖이 되어 주는 것들을 나라고 할 수 있다면
그럼 나의 모든 것은 바깥인 걸까. 잘 모르겠지만
밖은 젊구나. 젊어서 밖은 그래도 밝구나.
그래 욥. 혼자일 때만 시간의 밖인 진짜 이름을 부르자.
나의 이력에는 쓰지 못할 나의 이름이여.

혼자만이 아닌 나는 스물의 살.

무른 잎.

말할 수 없는 잎.

쓰고 또 써도 늘 서문의 이름일 뿐인 욥이여.

물려주고 물려주어 스물은 물려주어

지워지지 않는

누구도 지울 수 없는 스물은 욥.

욥의 이름은 나의 텍스트.

욥의 텍스트.

교환과 교환수

화폐가 왕관을 쓰던 날이 끝이었다고 해. 교환수가
그 왕관을 보았을 때 믿을 수 없었지. 그들이 선물에 양
도한 것이 왕관이었는데 거기에 있었으니까. 교환수는
다시 한번 자신의 실패를 바라봐야 했다고 해. 그것은
모든 것에 파고드는 힘을 가졌지. 하늘을 찌를 듯한 뾰
족한 돌기들로 마치 하늘의 가치마저 파고들어 여기에
실현시킬 듯한 왕관이라니. 파고드는 힘이라. 그것은 무
엇인가를 탈취하는 힘일지도 몰라. 그 강력한 힘을 오직
교환수만이 티끌이라고 불렀다지. 모든 사물의 등가교
환이 무라는 것을 교환수만이 알았다고 해. 그래서 교
환수는 아무것도 가질 수 없는 형벌에 처해진 사람. 모
든 것을 무로 돌아가게 하는 숫자를 그들이 이 세계에
서 교환해냈을 때, 최초의 그 교환을 위해 그는 자기를
폐기했다고 전해. 그들은 그 비밀을 교환수의 기록에만
적어 두었지. 최초의 희생. 열매 없는 나무의 문장. 그것
이 교환수의 세계수. 교환수는 열매 없는 나무를 잇는
자들이란다. 교환수가 비밀을 알려 주듯 해 준 말을 들
은 적이 있어. 그들은 그렇게 자기를 잃고서야 가치를 우

리에게 알려 줄 수 있었지. 그들이 그 가치를 위해 만든
게 티끌이라는 화폐지. 그게 그들의 이야기야. 그들의 일
이 무슨 대수냐고 물을 수 있을 거야. 그럴 수 있지. 그들
스스로도 이것을 실패라고 했다니까. 그래도 잊지 말아
야 해. 우리가 지혜라고 부른 그들의 실패에 대해. 교환
수들이 모든 것을 가치로 환원하여 우리에게 알려 주지
않았다면 우리는 시장에서 아무것도 사지 못했을 것이
야. 지금 이렇게 우리가 이야기를 교환하는 것도 어려웠
겠지. 그들은 이야기의 교환자이기도 하니까. 가치의 교
환 이후 그들은 줄곧 사람들의 이야기를 교환하여 주고
있지. 그것마저도 지금은 잊힌 직업이긴 하지만 이해하
기 힘든 진술이지만 그 이야기가 만든 것이 왕관이라고
하는군. 우리의 가슴을 파고드는 그 이야기들 말이야.
그들은 이야기를 선물이라고 했어. 모든 것을 교환할 수
있는 것으로 만들고도 그들은 어쩐지 이야기와 화폐는
교환시키지 않으려고 했지. 교환수만이 이야기의 교환
자가 되려고 했어. 그 이유는 아무도 알 수 없을지 몰라.
이제 그들은 사라졌거든. 화폐가 왕관을 쓰던 날에 그들

은 모두 자기들이 처음 세계로 끌어낸 무로 돌아가고 말
았다고 해. 근원으로의 회귀. 그것만이 그들이 다시 여기
에 나타날 수 있는 방법이라고 했다지. 그들은 오랜 시간
이 지나도록 마을 바깥에 살아왔고 누군가 쓸모없는 물
건들을 가져오면 자신들에게는 쓸모를 다한 은화를 내
어 주곤 했다고 전해지지. 우리들의 역사와 함께 살아
온 그 최초의 추방자들을 교환수로 불렀지. 이제 그들
은 누구도 아닌 자들이지. 그들을 부를 수 있는 교환의
이름만 남긴 채 사라진 자들.

주주를 찾아서

주주를 찾는다 했다. 초인종을 누른 낯선 자들은 자신들을 회의자들이라 소개했다. 끝내고 시작하는 일은 모두 회의라고 자신들이 회의자들인 이유에 대해 말하며, 그들은 서류를 내밀었다. 나는 주주가 아니라고 대답했으나 당신이 아니라면 당신이 아님을 증명해야 한다고 했다. 이것은 구매의 문제가 아니랍니다 우리가 사실 모두 여기의 주주이기에 당신을 소환하려는 것이죠 회의 없이 그들은 말했다. 잘못된 선택을 하지 않기 위해 회의를 합시다 이것이 소환의 가치입니다 지금 드리는 서류는 그 가치를 당신께 알려 드리는 서류지요 한 장은 서명하여 돌려주시고 다른 한 장은 주주님이 보관하고 계셔야 합니다 나는 그들이 내미는 서류를 받아 서류에 쓰인 이름을 읽었다. 그 서류에 내 이름이 적혀 있는 것을 보니 낯설었다. 가 본 적 없는 도시에 설립된 회사를 내가 알 리 없었다. 일단 들어오시죠 이 회사는 어떤 일을 하나요 그들은 그대로 그 자리에 서서 대답했다. 물 위에 길을 찾아 주고 있습니다 물 위에 길을 쓰고 파도로 지우면 그 경로들을 다음에 오는 이들에게 알려 줍니다 모든 것은 전지적인 전기의 일이지요 당신의 이야기도 물론 알고 있습니다 그것에 대해 매년 회의하는 자리가 있죠 그 자리에 당신을 초대한 것입니다 기억하지 못하겠지만 처음은 아닐 겁니다 당신은 이미 우리 회사의 지분을 가지고 있어요 주소도 없이 당신을 찾을 수 있었던 것은 우연이 아닙니다 주주님, 만약 당신이 주주가 아니라면 당신은 우리에게 주주가 아님을 증명하셔야 합니다 그들은 회의자라기보다 조사관처럼 말했다. 다음 주에는 약속된 회의를 합니다 주주님, 이번에 우리는 물길로 추방된 어떤 주주의 귀환을 막아야 합니다 전 회장이라고 해 두죠 그는 길 위에 수많은 무리수를 두었죠 우리가 길을 잃을 수밖에 없었어요 모두가 경우의 수였으니까 그를 막을 필요가 있어서 우리를 결의했던 것입니다 당신의 힘이 꼭 필요합니다 주주님, 주주님을 찾아 여기까지 왔습니다 그들이 회의 없이 말했다. 그들은 내가 열어 둔 문 앞에서 여전히 문 안으로 들어오지 않은 채 계속 말하고 있었다. 우리는 그 안으로 들어갈 수 없습니다 그곳은 우리의 회의의 영역이 아니거

든요 그들은 영원히 문의 경계에 서 있을 것만 같았다. 나는 서류에 서명해 돌려주었다. 내가 주주를 찾아 회의로 가겠다고. 그들은 떠났고 남겨진 나는 회의장이 있는 도시의 이름을 다시 읽어 보았다. 여러 번 주소를 읽었음에도 어디에 있는 도시인지 알 수 없었다. 그들이 온 그 물의 도시를 나는 찾을 수 없을 것이다.

모두의 텍스트

모두는 광야
모두는 맨발
모두는 빼앗긴 딸들의 피부색
당신들이 혼인이라 부른 인류의 피부색
당신들의 결혼식에
태워 만든 재
남겨진 재
사랑하는 모두는 입을 잃었고
모두는 누구의 하객도 아니었으나
모두여서 바깥에서
당신들이 만드는 시간의 영토를 지켜보고 있었네
아무도 아닌 이미지로
이미지마저 빼앗긴 채
빼앗기고도 그 자리를 지킨
목소리로
읽히지 않는 무이미지

모든 것을 잃었으나

가둘 수 없던 모두는 텍스트
우리가 디딘 서사의 바깥
모두는 그래서
당신의 역사에서 추방되었지

괜찮아 이야기가 없어서 다행이야
우리의 모두여
목소리 바깥의 텍스트여

바깥은 언제나 지금이라네
지금은 늘 우리를 부르는 빛이니
누가 밝히지도 않은 빛이나
모두는 늘 비어서 넓고 광대해
닫히려는 세계를 여는 바깥의 힘

지금은 역사를 추방하러 건너오네
당신들이 이름 붙일 수 없는 무한한 힘으로
바깥의 끝에서 살아서 돌아오는 텍스트

때로는 재난처럼 다가오지만
그것이 노래라는 것은 이 세계의 비밀이지
모두의 텍스트
그것은 바깥으로 탈출하는 우리의 노래.

바깥의 시작

모두가 지나가고 나서야 바깥이 생겼다
지나쳐 남겨진 어딘가
가깝기에 이제는 먼 바깥
거기에서 바깥이 시작되었다
계속 뒤늦게 도착하는 지평선과 수평선
버려진다고 해도 이상할 것은 없지
다만 모두가 버리면
아무도 버려진 것을 기억하지 않아
그래서 괜찮아 바깥은 무너지지 않아
추방되고 누락되어도 바깥은 시작한다
무리에서 뒤처진 누군가 말했다
바깥이 지금 나를 지나갔다고
나만이 그처럼 가만히 멀어서
먼 곳은 없다고 말했다
말했으나 사실 그 말도 틀린 말이었다
지나가는 자들은 아무도 멈추지 않는다
다만 또 모두의 길로 나아갈 뿐이다
모두의 안쪽이야말로 광야다

그들이 도착할 곳이
이미 한번 발 디딘 바깥이었다는 것을
그들은 모르지만
바깥은 시작되고 시작되어
바깥의 안으로 그들을 이끌고 간다.

바깥의 길목에서

정재훈(문학평론가)

사람들은 여행에 대해 이렇게 말한다, 공간이라고.
한 단어로 정의 내리는 건 쉬운 일이다,
여러 단어를 사용하는 게 어려울 뿐.
— 비스와바 쉼보르스카, 「여행 전날 밤」 부분

당신은 순례를 떠나는 중이라고 말했습니다. "순례
의 신호들"(「나의 밤은 오랫동안 불면이라」)을 뒤따라
가다 보니, 누군가의 뒷모습을 바라보는 것 같은 착각
에 빠질 때도 종종 있다고 했었지요. 그때 당신의 표
정은 마치 무언가를 찾고자 길을 떠난 사람처럼 보였
습니다. 곁에 잠시 앉아 달라는 저의 요청에 당신은
"지금 인간에게 곁이 있는 걸까"(「세기」)라며 의심도
했었을 겁니다. 고백건대, 당신이 이쪽으로 천천히 걸
어오는 모습을 멀리 지켜보면서, 혹시 당신도 제가 그
랬던 것처럼 "질문하지 않아도 될 날들"에 대해 염증
을 느꼈던 것은 아닐까, 라는 생각을 했었습니다.

저기, 당신과 함께 앉아 대화를 나누었던 바닥이 보

입니다. 누군가가 그렇게 말했다지요. "바닥에 앉아야 기다림이 익"(「밤은 누군가의 역」)는다고 말이에요. 어쩌면 저는 이제 막 열린 기다림의 열매를 마주한 것인지도 모르겠습니다. 당신은 제가 봤던 사람들 중에서 행실이 가장 좋은 사람이었습니다. 왜냐하면 질문을 갈구하는 표정을 했었으니까요. 평소 저는 질문을 하려는 자세야말로 진정 인간다운 것이라고 생각했었습니다. 당신도 언젠가 시인이 했던 말을 떠올렸을 겁니다. "질문을 하니 용기가 생겼다. 그리고 시를 써 나갔다."(『창세』, 시인의 말)라는 말이었지요. 부디, 당신도 그런 용기를 얻었으면 합니다.

당신은 "누구와도 접촉하지 않고도 안전한 이동이 가능한 도시"(「상자도시」)에서 왔다고 했었지요. 그리고 "가볍고 빠르고 생산적이며 분해도 쉬운 혁신적인 도시"일수록 어떤 질문을 마주하거나, 무언가에 감탄할 일은 극히 드물 수밖에 없다고도 말했습니다. 그곳의 가볍고 빠른 속도에 점차 익숙해지면서 주변에 있던 모두가 "직접적인 수익"에만 눈이 멀어 버렸다고도 했었습니다. 수익을 보장하지 않는 일은 누구도 거들떠보지 않았다고 했지요. 당신은 그들이 스스로를 "멸균" 처리한 것처럼 보였다고 말했습니다. 도시의 바깥으로 나가 행적을 감춘 사람들에겐 전부 '추방자'

라는 불명예스런 이름이 씌워졌고, 그럴 때마다 도시 사람들에게 바깥은 '오염'의 다른 이름으로 불리게 되었다고 했습니다.

세계는 업데이트된다.
이제 모든 거리는 지도의 데이터일 뿐이다.
우리는 모빌을 운항하거나 게임을 한다.
우리는 스스로를 게이머라 부른다.
우리는 우리가 원하지 않는 데이터를 골라
자기의 거리에서 삭제한다.
움직이는 물체나 생명체가 있으면
시스템은 그것들과 부딪치지 않는 경로를
개인 단말기로 지시해 준다.
우리는 그렇게 처음부터 서로에게 자취로만 남을 수 있다.
아무도 만나지 않아도 불편할 일 없이 거리를 걷는다.
다만 거리에서 수집할 수 있는 아이템만을 찾는다.
새로운 몬스터가 발매되면
가끔 파티에 참가한 사람들과 만날 때도 있지만
이론상 아무도 만나지 않을 수 있다.
누구나 이제 자기만의 세계를 가질 수 있다.

도시는 거대한 게임의 배경일 뿐이다.

우리는 더 이상 거리를 관찰하지 않는다.

이십 세기의 거리 산책자는 멸종했다.

생각은 사라지고 서비스만 남았다.

세계는 업데이트된다.

— 「스트리트 북」 전문

저도 이따금씩 악몽처럼, 당신이 말했던 도시의 풍경을 봅니다. 당신에게 처음 도시의 이야기를 듣고 나서 너무나 끔찍해 이후에는 생각조차 하지 않았는데 말이지요. 눈먼 자들의 도시에서는 모두가 하나같이 "우리는 더 이상 거리를 관찰하지 않는다."라고 떠들어댔었고, 무시무시한 속도로 내달리기만 했었습니다. 도시는 오로지 생존만을 위해 치열하게 경쟁하는 곳, 약육강식이라는 "거대한 게임의 배경일 뿐"이었지요. 그런데 아이러니하게도 그들은 서로가 접촉하는 법이 거의 없었습니다. 매일매일 최첨단 데이터로 업데이트되는 내비게이션처럼 "부딪치지 않는 경로"가 시시각각 안내되고, 그렇게 "이론상 아무도 만나지 않을 수 있다."는 그릇된 믿음 또한 도시 곳곳에 퍼져 나갔습니다.

게다가 도시는 어디를 가더라도 비슷비슷한 "매장"

(「가맹점」)들이 즐비했지요. 그곳은 사람들을 위해 언제든 열려 있었습니다. 그들에게 제공되는 모든 서비스들은 체계적이었고, 신속했었지요. 그렇게 매일매일 "서비스의 혁명"이 일어났습니다. 심지어 고객들의 "분노"조차도 서비스를 위한 혁명의 명분이 되었습니다. 당신의 도시에서도 "생각은 사라지고 서비스만 남았"던 것처럼 이곳 도시도 마찬가지입니다. 사실, 그들의 감정을 '분노'라고 말해서는 안 됩니다. 왜냐하면 그것은 일시적인 감정일 뿐이고, 소비의 욕구가 충족되면 이내 사라지기 때문입니다. "종말이 자라면, 가볍고 둥글어지고 날아다니는 것"(「회전초」)이 된다는데, 그래서인지 저도 이제껏 도시에서 종말의 그림자를 종종 목격했던 것 같습니다.

종말로 향하는 '거대한 게임'은 끝나지 않았습니다. '분노'는 이 게임의 악순환을 끊어내고 진정한 혁명을 여는 힘이 되어야 하지만, 애석하게도 아직까지 요원해 보입니다. '회전초'처럼 어떤 뒤엉킨 모습을 보고 있으면, 도시 내 사람들의 관계도 저런 모습이지 않을까 싶습니다. '직접적인 수익'을 추구하는 전형적인 곳인 "회사"(「페이퍼 컴퍼니」)의 풍경을 시인은 '유리병 안에 든 종이학'에 비유하기도 했었지요. 투명한 유리병 안에 종이학들이 아무렇게나 엉켜 있고, 그것을 재미

있게 바라보는 "주인"의 모습은 도시 속 연결이 결코 평등한 것이 아니라는 점을 가리킵니다. 이렇게 뒤엉키고 "연결된 것에서 떨어져 나와 있을 때에만 본래의 모습에 도달한다."(「케이블」)는 전언은 결국 '바깥'으로 나와야 함을 의미합니다.

이 바깥의 길목에서 당신과 제가 만났습니다. 우리가 함께 잠시 걸터앉던 이 길목에서부터 끝까지 가려면 그만큼의 고통이 필요한 것인지도 모르겠습니다. 순례는 무언가를 찾기 위한 노동입니다.[1] 그리고 여행의 어원이 노동, 고통, 출산이라는 것을 떠올려 본다면, 당신이 느낀 고통이야말로 순례의 증거라 할 수 있겠지요. 살아 있다는 증거인 것입니다. 저는 그때 당신을 보면서 느꼈습니다. 우리가 "바닥과 바닥에서 몸을 움직이는 소리와 입맞춤의 소리가 서로 가까워질수록"(「무력의 텍스트」) 또렷하게 들리던 소리가 있었지요. 당신이라는 "텍스트"에서 "울먹임"과 "첫소리"를 들었던 것입니다. 저는 그때 직감했습니다. 이 순간이 언젠가 "우리의 이야기"가 될 것이라고 말이지요.

---

1 "순례를 여행의 한 종류라고 볼 때, 순례라는 여행은 무언가를 찾아가는 여행이고, 순례에서 걷는다는 것은 그 무언가를 찾기 위한 노동이다."─리베카 솔닛, 김정아 역, 『걷기의 인문학』, 반비, 2017, 83쪽.

잃어버린 것은 물통이었다. (…) 그 여행지에서는 흔한 일은 아니라고 했다. (…) 도대체 어떤 목마름이었기에 평범한 플라스틱 물통과 거기 반쯤 담긴 물을 훔쳤던 것일까. 그런 질문들은 나를 조금 바꾸었다. 계획했던 여행은 물통 하나를 잃어버린 순간부터 미묘하게 흐트러졌고 나는 예약했던 여행지의 숙소들을 모두 취소하고 다른 곳으로 예약을 잡았다. 여행지는 이제 그다지 중요하지 않게 되었다. (…) 그날 이후 새로 도착하는 여행지에서마다 떠나온 게스트 하우스의 이야기가 들려왔다. 내가 물통을 잃어버린 그날 이후부터 물통을 잃어버리는 여행객이 늘어났다고 했다. 아무리 보잘것없고 조악한 형태의 플라스틱 물병이라 하더라도, 잠시 눈길을 아름다운 경치에 옮겨 둔 사이 물통을 잃어버리는 일이 빈번해졌다는 것이다. 게스트 하우스는 어느새 물통을 잃어버린 자들의 공동체가 되었고 아무리 생각해도 무가치하게만 여겨지는 이 기이한 도난들에 대해 점점 궁금해하는 분위기였다. 식당의 식탁에 앉아 우리는 모두 조금씩 목마름에 대해 함께 질문하기 시작했고 그 질문과 더불어 여행하기 시작했다. (…) 아무 곳으로나 발길을 옮겼던 그 여행에서 돌아온 다음에도 나는, 가끔 내 등 뒤에서 조용히 손을 뻗어 오고 있는 그의 목마름에 대해 궁금해하곤 한다.

　　　　　　　　　　　　　　　―「게스트 하우스」 부분

솔직히, 저는 당신의 소리를 듣자마자 궁금해졌습니다. 당신이 짊어졌을 고통과 지금까지 살아온 이야기를 상상해 보기도 했었지요. 우리에게 '질문'이란 것은 어쩌면 "목마름" 같은 것인지도 모르겠습니다. 여행지에서는 일상보다 흔치 않은 일들이 이따금 벌어지기도 한다지요. 한낱 "플라스틱 물통"이 갑자기 사라졌다는 "기이한 도난" 사건이 여행자들 사이에서 점점 질문으로 불어났던 것처럼, 일상에서도 우리는 사소한 사건이 마치 호수 속에 던져진 돌멩이처럼 길고 긴 파장을 일으킬 때를 종종 목격하기도 합니다. 아무튼 질문과 이야기에 관한 목마름은 단순한 일이 아닙니다. 그것은 결국 살아 있기 때문에 마주하는 결핍이라고 할 수 있지요.

언젠가 시인도 속했을, "물병을 잃어버린 자들의 공동체"에 관한 이야기는 앞으로도 이어질 것입니다. 어느 여행지를 가더라도 그들은 있습니다. 다만, 보이지 않을 뿐이지요. 그들은 그저 일상으로부터 잠깐의 일탈과도 같은 이벤트를 원하는 것 같지 않습니다. 당신도 그들처럼 "질문과 더불어 여행하기 시작"했기에 언젠가 무언가를 잃어버렸다는 생각이 들 겁니다. 하지만 그것을 언제 어디에서 잃어버린 것인지는 알 수 없을 테지요. 미리 "계획했던 여행"이라고 해서 정말로 그 정해진 경로로만 길을 간다면 그것은 진정한 여행이 아닙니다. "물통 하나를 잃어버린 순간부터 미묘하게 흐트러"지듯이 계획은 수정될 것이며, 그 순간부터 계획되지 못했던 불명확한 가능성의 시간이 마침내 열리게 될 겁니다.

계획은 마치 이것저것 복잡한 것들을 단순하게 '한 단어'로 정의하려는 것과 같습니다. 하지만 무언가를 잃어버리고 미묘하게 흐트러지기 시작하는 순간부터 열리게 될 불명확한 시간이자, 바깥은 그렇게 '한 단어'로만 정리될 수가 없습니다. 질문도 마찬가지지요. 쉽게 답할 수 있다면 우리는 그것을 질문이라 하지 않습니다. 그렇게 "피할 수 없는 질문"(「여행지에 두고 온 가방이 있다」)을 맞닥뜨리게 되면 우리는 여러 단어들을 떠올려야 할 것입니다. 물론 그런다고 해서 전부 밝혀지지는 않을 테지만요. 우리가 걸터앉았던 길목부터 시작될 앞으로의 길도 그러합니다. 당신의 순례가 어떤 고통과 축복으로 이어질지, 그리고 이 길목에 걸터앉아 있는 제가 앞으로 또 누구를 만나게 될지는 아무도 모릅니다.

당신과 대화를 나눴을 때, 제가 '우리의 이야기'를 기록하겠다고 마음먹은 계기가 무엇이었는지 궁금하지 않으신가요? 바로, 당신의 온기를 느꼈기 때문이었습니다. "낯선 곁의 온기"(「처음의 노래로 돌아가려 하네」)가 참으로 오랜만이었지요. 저도 그곳 사람들처럼 눈먼 채로 살았다면 망각해 버렸을 그 온기 말입니다. 순례를 떠난 매 순간이 마치 "미지의 빛으로 밝아진 문턱"을 앞둔 것 같았다는 당신의 말을 저는 또렷하게 기억하고 있습니다. 당신에게 온기를 느꼈을 때, 저도 그런 기분이었으니까요. 처음으로 제게 "비밀은 온기를 가지고 있다는 걸 알게 해 준 이"가 바로 당신이었습니다. 당신이 이곳을 떠난 후부터 저는 혼자서 여러 단어들을 이리저리 퍼즐처럼 맞추다가 흐트러뜨리기도 했었습니다.

> 걷는다는 것은 몸이 바뀐다는 것이다
> 걷고 걸어 걸음에 눈이 멀면
> 그때에 우리는 서로가 다만 서로여서
> 몸을 내어 주어도 어색하지 않으리니
> 그때에는 스스로가 누구인지도 모를 일이로다
> 우리는 그 증거로 서로에게 눈을 맡기니
> 그 눈은 아무것도 쓰지 않는다고
> 단지 그릴 뿐이라고 걷는 자여 말하라
> 우리의 순례는 길고 긴 드로잉
> 화폭은 없고 걷는 자의 지워지는 발자국만이 있다

그것은 끝없이 면이 면에게 내어 주는 그림

도착시킬 몸만이 다만 몸인 자를 더듬어 열고 닫는 문

모두가 같은 이름이 되어도 몸은 각기 달라져 슬픈 자
들이여

몸이 바뀐다는 것은 걷는 것이다

먼저 걷는 자가 가장 나중에 걷게 될 것이니

우리의 순례를 위하여 끝까지 완성되지 않는 몸이 되
어라

우리가 서로에게 떼어 건네준 눈을 만지며

이 모든 교환이 기억해야 할 모든 슬픈 몸이여

몸이 곧 예언이니 일어나 걸으라.

— 「몸이 곧 예언이니」 전문

저는 지금도 퍼즐을 맞추고 있습니다. 그런데 엉뚱
하게도 이것저것 퍼즐 조각들을 부딪치게만 할 뿐입
니다. 완성된 그림 따위는 염두하고 있지 않습니다. 퍼
즐을 다 맞추어야 처음의 그림을 볼 수가 있겠지요.
하지만 저의 퍼즐은 그렇게 처음부터 계획된 그림이
결코 나올 수가 없습니다. 그렇다면 저는 퍼즐을 맞춘
게 아니겠지요. 어느 누구도 제가 퍼즐을 맞췄다고 말
하지 않을 겁니다. 아무튼 이렇게 여러 조각들을 잇다
보면 그때마다 형태가 제각각입니다. 이 순간에도 길

을 걷고 있을 당신 역시 이곳에 잠시 머물렀던 그때와는 전혀 다른 모습일 것 같습니다. 모든 것이 밝혀진 것들을 '비밀'이라고 할 수 없듯이, 저는 이 퍼즐 조각들을 아무렇게나 방치하고 싶습니다.

언젠가 시인이 가리켰던 '암점'을 그려 본 적이 있었습니다.[2] 매서운 한파로 얼어 있던 강부터 붓질을 시작했었지요. 드문드문 얼어붙은 부분의 윤곽을 잡고, 제가 가지고 있는 색 가운데 가장 어두운 것을 골라 "암점"을 칠했었습니다. 붓을 내려놓고, 그렇게 서툰 그림을 에둘러서 말해야 할 시간이 왔을 때, 저는 여전히 그곳이 "아무도 들여다볼 수 없는 장소"임을 알고 있었습니다. 그곳을 얼마나 더 가깝게 다가가서 설명할 수 있을까요? 그곳을 이해하고, 해석한다는 것은 정말 가능할까요? 저는 당신의 "순례"가 그때의 '암점'처럼 언제 끝날지 모를 "길고 긴 드로잉"일 것이고, 또 당신의 뒷모습도 시간이 지나면 반드시 지워질 수밖에 없는 그림이라고 생각했습니다.

일부러 완성하지 않고 방치해 놓은 퍼즐 게임, 그리고 이미 처음부터 설명할 수 없는 것을 서투르게 그려

---

2 졸고 「질문과 용기로 써 나가는 바니타스」, 《현대시》 2018년 8월호, 218~221쪽.

놓고 이를 에둘러서 말해야 하는 상황이 누군가에게 는 분명 낯선 상황일 것입니다. 저는 이런 상황을 상상할 때면 '문턱'을 떠올립니다. 이해와 해석을 명분으로 계획된 빠른 경로가 아니라, 언제 어디서든 갑작스럽게 모습을 드러내어 우리의 걸음을 머뭇거리게 하는 문턱 말입니다. 그 문턱에 희미하게 드리운 '미지의 빛'을 과연 '한 단어'로 붙잡을 수 있을까요? 그 빛은 분명 여러 갈래로 뻗은 형태일 겁니다. "매일 조금씩 지웠다 여는 지평"(「테레시아스」)처럼 "아무도 아무에게도 완성일 수 없는 때"가 온다면, 우리는 지금보다 더 많은 단어들을 생각해야만 할 것입니다.

우리는 그 단어들을 아직 갖고 있지 않습니다. 언젠가 소유하게 될 것도 아니지요. 우리가 그 단어들을 사용하는 게 아니라, 오히려 그것들이 우리에게 와 부딪치는 것입니다. 문턱을 상상하다 보면, '문'이라는 말에도 여러 갈래의 의미가 있다는 것을 알게 됩니다. 말 그대로 이곳 너머의 입구(門)일 수도 있지만, 지금까지 본 적이 없는 무늬(文), 또는 질문(問)이기도 하지요. "여기에선 표현할 수 없는 문장"(「번역가」)도 있습니다. 무엇이 됐든 간에 우리를 머뭇거리게 만들고, 부딪치게 할 것이라는 점에서는 모두 같은 말일 겁니다. "문에 부딪치는 몸들을 열림이라고 말하는"(「세기

4」) 순간은 단순한 일이 아닙니다. 부딪치기 때문에 고통스럽지만, 그때의 '열림'은 구원과도 같은 절대적인 순간이기 때문입니다.

이제 당신은 어디쯤에 있을까요. 그리고 지금쯤 당신의 몸으로 와 부딪치는 순간이 고통일까요, 아니면 구원일까요. 당신보다 먼저 순례를 떠났던 이들이 남겨 놓았다고 전해지는 기록 어딘가에는 "오래 걸어서 잃어버린 것들을 기억할 수 있는 일"(「어떤 명절」)에 대한 언급이 있다고 하는데, 그렇다면 당신은 저와의 순간을 기억하고 있을까요, 아니면 잃어버렸을까요. 당신과 마찬가지로 길을 떠났던 "여행자들의 고된 신음 소리"(「사막의 시」)가 허공으로 무의미하게 사라지지 않았던 것만큼은 분명한 사실일 겁니다. 그리고 아직 우리 곁으로 오지 않은 "언어"들은 어딘가에서 지금도 무수한 실패(죽음)와 함께 끊임없이 "태동"하는 중인지도 모르겠습니다.

이제 이 글을 마칠 때가 왔습니다. 발신자인 제 이름이 없는 편지이기에 제가 쓴 편지가 아닙니다. 당신은 펼쳐 본 적이 없을 메시지이지만, 이 메시지는 이미 당신에게 보내진 것입니다. "바깥의 끝에서 살아서 돌아오는 텍스트"(「모두의 텍스트」)는 당신만의 것이 아니라, 저의 이야기이기도 합니다. 순례를 마치고 돌아오는 당신의 이야기는 얼마나 더 아름다워질까요. "만들어진다는 것은 무언가가 된다는 것이고 그건 적어도 하나 정도는 우리가 우리를 우리의 것으로 허락한다는 신의 약속"(「세기 5」)일지도 모릅니다. 그리고 만드는 이가 된다는 것은, 다른 이를 위한 세상을 만드는 일, 그저 물질적 세상뿐 아니라 그 물질적 세상을 지배하는 이념의 세계, 우리가 희망하고 그 안에서 살아가는 꿈까지 만드는 것입니다.[3]

어둠이 걷히고, 해가 비치기 시작합니다. 당신이 떠났던 자리에도 조금씩 빛이 드리웁니다. 그곳에 가만히 손을 올려 봅니다. 옅은 온기가 느껴집니다. 저는 그 온기만으로 충분합니다. 시간이 이따금 '빛으로 다시 돌아오는'(「지나간 시간이 돌아오라고 하니」) 것이라면, 저는 그것에 의지하여 당신과 함께했던 시간을 떠올릴 것입니다. 그렇게 당신을 떠올리고, 당신의 뒷모습을 그리겠습니다. 어느 누구를 만나도 당신에 관한 이야기를 제일 먼저 꺼내겠습니다. 왜냐하면 그것은 저의 이야기이기도 하니까요. 그렇게 우리의 이야기는 또 다른 누군가에게 약속이자, 희망이며, 꿈이될 것입니다. 그들은 우리의 증인이자, 온기이며, 곁이될 겁니다. 저기, 당신처럼 순례 중인 이가 나에게 천천히 걸어오고 있습니다.

3 리베카 솔닛, 김현우 역, 『멀고도 가까운 – 읽기, 쓰기, 고독, 연대에 관하여』, 반비, 2016, 95쪽.

바닥의 소리로 여기까지

2022년 8월 31일 1판 1쇄 펴냄

지은이	김학중
펴낸이	김성규
편집	김은경 김도현
디자인	신아영
펴낸곳	걷는사람
주소	서울 마포구 월드컵로16길 51 서교자이빌 304호
전화	02 323 2602
팩스	02 323 2603
등록	2016년 11월 18일 제25100-2016-000083호

ISBN 979-11-92333-23-6 04810
ISBN 979-11-89128-01-2 (세트)